PROFIL D'UNE ŒUVRE
Collection dirigée par Georges Décote

Les Caprices de Marianne (1833)

On ne badine pas avec l'amour (1834)

ALFRED DE MUSSET

ROBERT HORVILLE
Docteur ès Lettres

 ISSN 0750-2516 ISBN 2-218-**73757**-4

SOMMAIRE

Fiche Profil

Les Caprices de Marianne (1833)

MUSSET
(1810 -1857)

THÉÂTRE DU XIXe
COMÉDIE ROMANTIQUE

1. RÉSUMÉ

– **Acte I :** Cœlio aime éperdument Marianne, la jeune épouse du vieux juge Claudio. Désespéré de voir son amour repoussé, il se confie à son ami Octave, un libertin désabusé, qui accepte de plaider sa cause auprès de Marianne.
– **Acte II :** Marianne, furieuse de se voir ainsi imposer un amant, accorde un rendez-vous à Octave. Ce dernier envoie à sa place Cœlio. Mais le malheureux tombe dans un guet-apens organisé par Claudio et y trouve la mort.

2. PERSONNAGES PRINCIPAUX

– **Marianne**, jeune femme mal mariée, dont les caprices s'expliquent par son attachement à sa liberté de choix.
– **Cœlio**, jeune homme pur et sensible, épris d'absolu.
– **Octave**, libertin déçu par ses expériences amoureuses, mais d'une grande fidélité en amitié.
– **Hermia**, mère de Cœlio, femme attentionnée et romanesque.
– **Claudio,** vieux mari de Marianne, jaloux et vindicatif.

3. THÈMES

1. L'amour et l'amitié.
2. La pureté et l'absolu.
3. La liberté.
4. La sincérité et la dissimulation.
5. Le mal de vivre (le mal du siècle).

Fiche Profil

On ne badine pas avec l'amour (1834)

MUSSET
(1810-1857)

THÉÂTRE DU XIXe
COMÉDIE ROMANTIQUE

1. RÉSUMÉ

– **Acte I :** Le baron souhaite marier son fils Perdican avec sa nièce Camille. Le jeune homme retrouve avec plaisir sa cousine après plusieurs années de séparation, tandis que la jeune fille, animée d'une piété intense, l'accueille avec froideur.
– **Acte II :** Les tentatives d'explication entre Camille et son cousin échouent. Perdican manifeste, par ailleurs, une certaine tendresse pour Rosette, la fille de la nourrice de Camille.
– **Acte III :** Perdican, dépité par l'indifférence de Camille dont il est en fait amoureux, feint, pour provoquer sa jalousie, d'éprouver un sentiment pour Rosette. La jeune paysanne, lorsqu'elle prend conscience de la réalité, meurt de désespoir.

2. PERSONNAGES PRINCIPAUX

– **Camille**, la nièce du baron, jeune fille d'une piété exaltée, effrayée par l'amour.
– **Perdican**, jeune homme brillant et cultivé, peu enclin à la fidélité en amour.
– **Rosette**, jeune paysanne naïve, éprise de Perdican.
– **Le baron**, noble ridicule et pompeux, père sans autorité de Perdican.
– **Maître Blazius, maître Bridaine et dame Pluche,** trois figures grotesques, sources de comique.

3. THÈMES

1. L'amour.
2. La religion.
3. L'orgueil.
4. Les conventions sociales.

1 Alfred de Musset : une vie brève et contrastée

Lorsqu'en 1833 paraissent *Les Caprices de Marianne*, que suit, l'année suivante, la publication de *On ne badine pas avec l'amour*, Musset n'a que vingt-trois ans. Il est donc en pleine jeunesse, mais déjà à la moitié de sa brève existence, qui s'achèvera vingt-quatre ans plus tard, en 1857. Une époque de sa vie vient de se terminer, celle de l'enfance studieuse et de l'adolescence agitée et insouciante. Il fait l'apprentissage des désillusions de l'amour et de la souffrance qui le transfigurent : c'est alors qu'il produit le meilleur de son œuvre. Puis, cet enfant terrible du romantisme, usé avant l'âge, éprouve de plus en plus de difficultés à créer, au moment même où il connaît la consécration et les honneurs.

LE TEMPS DE L'INSOUCIANCE (1810-1832)

Des débuts prometteurs

Lorsqu'Alfred de Musset naît, le 11 décembre 1810, à Paris, Napoléon Ier est empereur depuis six ans. De 1819 à 1827, il poursuit de brillantes études au collège Henri IV, puis, de 1828 à 1830, fréquente, sans beaucoup d'assiduité, la Faculté de médecine et la Faculté de droit. Mais son père, membre de la petite noblesse, se montre réticent à assurer sa subsistance, ce qui le conduit, pour gagner sa vie, à travailler dans les bureaux d'une entreprise de chauffage.

Cependant, ce jeune homme élégant et spirituel entend profiter de l'existence. Charmeur et brillant, d'esprit agile et insouciant, il est attiré par les milieux mondains qui l'accueillent favorablement. Passionné de littérature, il est bientôt adopté par les romantiques et fait la connaissance de Charles Nodier et de Victor Hugo.

Ses débuts littéraires sont précoces : dès 1828, il publie une ballade, intitulée *Un rêve*, et une traduction des *Confessions d'un mangeur d'opium anglais* de Thomas de Quincey, évocation de la vie d'un drogué qui avait fait scandale lors de sa parution à Londres en 1822.

En 1830, Musset est témoin d'événements importants qui bouleversent la France. Un mouvement révolutionnaire renverse le roi Charles X, qui a succédé, en 1824, à Louis XVIII, revenu après la chute de l'Empire (1815). Mais les espoirs des républicains sont déçus : une royauté chasse l'autre et Louis-Philippe accède au pouvoir. Musset a alors la tentation de prendre parti et de s'engager aux côtés des opposants. Mais il n'est pas fait pour l'action : il exprimera à plusieurs reprises, notamment dans *Lorenzaccio*, cette impuissance qui est un des traits de sa personnalité.

Une recherche de la virtuosité et du brillant

Ces troubles politiques n'empêchent pas Musset de poursuivre son œuvre littéraire. En 1830, il publie *Les Contes d'Espagne et d'Italie* et fait représenter sa première pièce, *La Nuit vénitienne* : c'est un échec cuisant, et il renonce désormais à écrire pour la scène. Il continue néanmoins à s'intéresser à l'écriture théâtrale et publie, en 1832, *Un spectacle dans un fauteuil* : cet ouvrage au titre significatif, qui présente le théâtre comme destiné à la lecture, contient deux pièces, *La Coupe et les lèvres*, *À quoi rêvent les jeunes filles*, et un poème, *Namouna*. Les œuvres que Musset conçoit à cette époque de sa vie sont marquées par une constante. Il y développe une virtuosité un peu gratuite, une recherche d'un brillant factice, un goût de l'excès, souvent à la limite du pastiche, comme si l'auteur se moquait du romantisme et de lui-même.

LE TEMPS DE LA SOUFFRANCE (1832-1838)

L'accumulation des épreuves

Dès 1832, les couleurs pastel commencent cependant à faire place à des tonalités plus sombres. C'est le début des épreuves, la confrontation avec la douleur. La mort de son père, le 8 avril, en est pour Musset comme le signal et conduit à une modification progressive de l'esprit de ses œuvres. La pureté et la légèreté s'accompagnent d'une certaine amertume, d'un désespoir latent.

1833 voit se préciser cette évolution. Deux pièces, *André del Sarto*, qui met en scène un peintre de la Renaissance italienne aux prises avec les incertitudes, les souffrances de la création, et *Les Caprices de Marianne*, sont des cris de protestation contre la fragilité de l'amour, contre la douleur tapie au fond de tous les cœurs. Cette même année, la liaison tumultueuse de Musset avec la romancière George Sand ne fait qu'accentuer cette tendance. Après s'être rencontrés vers la fin de l'été 1833, ils partent, en décembre, en Italie. Le voyage s'achève dans le drame. Au début de 1834, Musset, de santé fragile, tombe gravement malade à Venise. Et George Sand ajoute à cette souffrance physique une torture morale : elle entretient une liaison avec le propre médecin de Musset, le docteur Pagello. Après des disputes interminables et sans cesse renouvelées, Musset se décide, le 29 mars, à quitter Venise, pour regagner Paris.

La nostalgie de la pureté et du bonheur perdus

C'est dans ce contexte troublé que sont publiées, en 1834, trois pièces majeures : *On ne badine pas avec l'amour* ; *Fantasio*, qui met en scène un jeune homme dont la fantaisie dissimule mal le désenchantement ; *Lorenzaccio*, un drame historique complexe conçu avant le voyage à Venise, où se mêlent considérations politiques, réflexions sur l'engagement et évocations nostalgiques de la pureté et de l'amour idéal.

Durant les années suivantes, Musset persiste dans cette écriture empreinte de mélancolie et de désespoir. C'est alors qu'il élabore l'essentiel de son œuvre poétique. Dans la série des *Nuits* (*La Nuit de mai* et *La Nuit de décembre*, 1835, *La Nuit d'août*, 1836, *La Nuit d'octobre*, 1837), il développe, en une expression émouvante, les thèmes lyriques de l'amour, de la pureté, de l'inspiration.

Parallèlement, il continue à écrire des pièces de théâtre : *Le Chandelier* (1835), *Il ne faut jurer de rien* (1836), *Un caprice* (1837), sous les apparences de la légèreté, révèlent les cruautés et les inconstances de l'amour. C'est également durant cette période, la plus féconde et la plus inspirée de sa carrière, qu'il conçoit *La Confession d'un enfant du siècle* (1836), roman autobiographique où il exprime son mal de vivre : ce que les romantiques appellent le mal du siècle naît du refus d'une époque marquée par les préoccupations matérielles et de la nostalgie d'une société où triompheraient l'idéal et la solidarité entre les êtres.

LE TEMPS DU DÉCLIN ET DE LA CONSÉCRATION (1838-1857)

Un créateur prématurément usé

À partir de 1838, l'inspiration de Musset commence à décliner. Il n'a pourtant que vingt-huit ans, mais il est déjà usé moralement et physiquement, et l'abus de la boisson aggrave encore son état. Sa production se fait rare : il compose surtout de courtes pièces, comme *Il faut qu'une porte soit ouverte ou fermée* (1845), quelques *Poésies nouvelles* (1852) et publie, de 1837 à 1854, une série de contes dans *la Revue des Deux Mondes.*

Les honneurs et l'oubli

Et c'est pourtant alors que viennent la consécration et les honneurs. Le roi Louis-Philippe, puis, après sa chute en 1848, le président de la République Louis-Napoléon Bonaparte, proclamé empereur, sous le nom de Napoléon III, en 1852, ne lui ménagent pas leurs faveurs. Il est nommé chevalier de la Légion d'honneur en 1845, puis il entre à l'Académie française en 1852.

Dans le même temps, il éprouve une grande satisfaction d'auteur : en 1840, paraissent une édition de l'ensemble des œuvres qu'il a écrites jusqu'ici et, en 1853, la première édition complète de son théâtre, sous le titre de *Comédies et proverbes*. Par ailleurs, plusieurs de ses pièces sont représentées, consécration suprême, à la Comédie-Française : *Un caprice*, en 1847, *Il faut qu'une porte soit ouverte ou fermée*, 1848, *Les Caprices de Marianne*, en 1851. Mais ces succès font peu à peu place à l'indifférence et à l'oubli. Lorsqu'il meurt, le 2 mai 1857, emporté, dans sa quarante-septième année, par une maladie de cœur, une trentaine de personnes seulement assistent à ses obsèques.

2 Musset et le théâtre romantique

Le théâtre de Musset s'inscrit dans la mouvance du théâtre romantique. Le théâtre romantique français prend ses racines à l'étranger. Il se nourrit de la remise en cause du classicisme qui s'affirme, en particulier, en Angleterre et en Italie. Plus concrètement, il s'inspire des œuvres théâtrales de l'Anglais Shakespeare (1564-1616) ou se réfère à des modèles plus récents, notamment aux Allemands Schiller (1759-1805) et Goethe (1749-1832).

UN THÉÂTRE MODERNE

Ce qu'on appelle la modernité est au centre des conceptions théâtrales des romantiques. Selon eux, le théâtre doit tenir compte de son époque, répondre aux goûts, aux besoins et aux aspirations du public contemporain

Lorsque l'action dramatique se déroule à des époques révolues, le XIXe siècle doit toujours apparaître en filigrane : Musset situe *Les Caprices de Marianne* durant la Renaissance italienne, mais les personnages ont les comportements qui correspondent à la France des années 1830.

UN THÉÂTRE À L'IMAGE DE LA VIE

Pour susciter l'intérêt de leurs contemporains, les romantiques entendent leur offrir un spectacle qui leur rappelle les conditions mêmes de l'existence réelle. La vie doit y être décrite dans la complexité qui caractérise le quotidien. C'est pour cette raison que l'unité de ton est résolument rejetée. Aucune situation n'est totalement comique, ni totalement tragique. Le mélange des genres, qui fait se succéder tension et détente, grotesque et sublime, souligne cette volonté de ne pas privilégier une vision unique du monde. Ainsi, *On ne badine pas avec l'amour* fait cohabiter des personnages touchants comme Perdican, Camille et Rosette, avec des êtres grotesques comme maître Blazius et dame Pluche. De même, l'auteur dramatique doit solliciter, à la fois, la sensibilité et l'intelligence des spectateurs. L'exaltation des sentiments s'accompagne d'un « message » philosophique ou moral : les personnages des *Caprices de Marianne* touchent et, en même temps, conduisent à se pencher sur la nature de l'amour, sur ses joies, ses dangers, ses contradictions.

En procédant ainsi, les dramaturges romantiques offrent un spectacle vivant, haut en couleur. La recherche du pittoresque va dans le même sens. La couleur locale, la vérité – ou la pseudo-vérité – historique, jouent un grand rôle. Il convient de montrer autant que de dire. Les faits sont directement représentés sur scène plutôt qu'évoqués dans des récits. Il n'est pas question, dans ces conditions, de s'enfermer dans l'austérité classique. L'action, complexe, prend place dans des lieux multiples, se déroule sur plusieurs jours, voire plusieurs mois ou plusieurs années.

UN THÉÂTRE LIBRE

Les romantiques ne veulent pas substituer de nouvelles contraintes aux anciennes règles du théâtre dit classique. Ils considèrent que la liberté de la création est indispensable. La refuser, c'est aliéner le créateur et trahir la vie. S'enfermer dans les règles restreint la créativité du dramaturge, l'empêche de donner libre cours à sa fantaisie.

Bien plus, un tel choix débouche sur l'invraisemblance et sur l'absurdité. Victor Hugo, dans la préface de *Cromwell* (1827), souligne le ridicule des règles classiques : « Quoi de plus invraisemblable et de plus absurde en effet que ce vestibule [...], lieu banal où nos tragédies ont la complaisance de venir se dérouler, où arrivent, on ne sait comment, les conspirateurs pour déclamer contre le tyran, le tyran pour déclamer contre les conspirateurs [...]. L'action, encadrée de force dans les vingt-quatre heures, est aussi ridicule qu'encadrée dans le vestibule [...] ».

3 Les Caprices de Marianne
Résumé

ACTE I : UN AMOUR IMPOSSIBLE[1]

Scène 1 : Une vieille femme, Ciuta, qui joue le rôle d'entremetteuse, aborde Marianne au sortir de chez elle. Elle l'informe qu'un jeune homme, Cœlio, d'une noble famille, est éperdument amoureux d'elle et désire la rencontrer. Marianne oppose un refus catégorique et menace de tout révéler à son mari.

Après le départ de la jeune femme, Cœlio rejoint Ciuta. Elle lui apprend le refus de Marianne, qu'elle présente comme une dévote et une orgueilleuse. Cœlio exprime son désespoir. C'est au tour de Claudio, le vieux mari de Marianne, de paraître sur scène. Il fait part à son valet Tibia de ses soupçons : irrité par les nombreuses sérénades données en l'honneur de sa femme, il l'accuse d'être infidèle. Tibia lui rétorque que Marianne est un modèle de vertu, mais Claudio s'affirme décidé à prendre des mesures énergiques.

Ces deux personnages une fois sortis, Cœlio, dans un bref monologue, clame sa souffrance de ne susciter que de l'indifférence auprès de Marianne. À son ami Octave, survenu sur ces entrefaites, il confie son désarroi : il lui dit l'intensité de ses sentiments, lui avoue sa timidité. Or la jeune femme est la cousine d'Octave : ne pourrait-il pas, dans ces conditions, plaider en sa faveur ? Octave tente de raisonner Cœlio : libertin, il développe une conception de l'amour reposant sur la légèreté et le plaisir, tandis que Cœlio affirme sa propre vision d'une passion profonde, exclusive, exigeante. Ému par la sincérité de Cœlio, Octave finit par accepter d'être son interprète auprès de Marianne.

Après le départ de Cœlio, Octave a justement l'occasion de rencontrer Marianne : avec une grande conviction, il

1. Les titres des actes ont été ajoutés par l'auteur du *Profil*.

évoque la sincérité de l'amour de son ami, la souffrance que lui cause la froideur de la jeune femme. Marianne l'écoute, mais ne lui donne aucun espoir. Et lorsqu'elle sort, Octave, avant de se retirer à son tour, s'exclame : « Ma foi, ma foi ! elle a de beaux yeux », montrant ainsi que la jeune femme ne le laisse pas indifférent.

Scène 2 : La mère de Cœlio, Hermia, attend son fils et s'entretient avec son intendant Malvolio. Veuve, elle a reporté toute son affection sur Cœlio. Il entre, et leur conversation révèle toute la connivence qui les unit. Ils échangent de tendres souvenirs. Cœlio demande à sa mère de lui relater les circonstances qui ont entouré son mariage. Le jeune Orsini avait chargé un parent d'être, auprès d'elle, l'interprète de son amour. Mais c'est de ce messager qu'elle tomba amoureuse, et elle l'épousa, au grand désespoir d'Orsini qui, croyant avoir été trahi, se suicida. Le rôle ainsi joué par le père de Cœlio auprès de sa mère rappelle étrangement celui que le fils a confié à Octave, et le suicide d'Orsini apparaît prémonitoire de l'issue des événements.

Scène 3 : Claudio, dans son jardin, s'entretient avec Tibia. Il lui fait part, à nouveau, de sa jalousie et de sa peur d'être trompé par sa jeune épouse.

Les révélations de Marianne qui, après l'avoir rejoint, lui apprend les sollicitations dont elle a été l'objet de la part de Cœlio, ne dissipent pas sa méfiance.

Après le départ de sa femme, il explique à Tibia qu'il croit à une manœuvre de Marianne : à son avis, ses propos sont destinés à brouiller les pistes.

ACTE II : LES SURPRISES TRAGIQUES DE L'AMOUR ET DU HASARD

Scène 1 : Malgré la nouvelle que lui annonce Ciuta, selon laquelle Cœlio renoncerait à son amour, Octave est bien décidé à continuer à plaider pour son ami auprès de Marianne. C'est ce qu'il annonce au jeune homme qui est venu le rejoindre.

Octave a bientôt une nouvelle entrevue avec Marianne. Elle se moque de Cœlio qui se révèle incapable de défendre sa propre cause et déplore la situation de la femme : ou bien elle cède et risque d'être méprisée, ou bien elle est vertueuse et on la taxe de cruauté. Et elle s'élève contre une conception qui fait d'elle un objet de plaisir.

Après son départ, Octave se rend à une auberge où il commande du vin et demande qu'on aille chercher Cœlio. Il interpelle Claudio toujours en compagnie de Tibia. Ils s'affrontent vigoureusement : Claudio reproche à Octave le rôle qu'il joue auprès de sa femme. Octave apprend ensuite à Cœlio que Marianne a tout révélé à son mari. Le jeune homme s'en va désespéré.

La scène s'achève sur une conversation entre Marianne et Octave. Dans un dialogue plein de poésie, ils expriment leur conception de la vie et de la femme. Marianne développe une longue comparaison : elle établit une différence entre les plaisirs faciles de l'amour comme ceux que procure un vin grossier, et les joies profondes, spirituelles, comparables à celles que donne un vin raffiné. Mais Octave conteste cette comparaison, en remarquant que le bon vin ne se refuse pas, n'oppose pas de résistance.

Scène 2 : Ciuta conseille à Cœlio de se méfier d'Octave : elle l'a vu, sous la tonnelle d'une auberge, parler, de façon détendue et même amicale, avec Marianne.

Scène 3 : Claudio admoneste vivement Marianne. Il l'a aperçue en train de converser avec Octave qu'il soupçonne d'être son amant. Il la menace de représailles.

Après son départ, la jeune femme fait appeler Octave, et, en attendant son arrivée, dit sa colère et son désir de vengeance. Octave la rejoint et plaide, avec beaucoup de sincérité et de conviction, pour son ami Cœlio. Marianne semble prête à céder, puisqu'elle exprime sa volonté, pour se venger des soupçons de son mari, de prendre un amant. Elle charge Octave de lui choisir un soupirant, mais ne veut pas entendre parler de Cœlio. Et, avant de se retirer, elle lui laisse son écharpe en gage. Octave, resté seul, est un moment tenté d'exploiter les circonstances pour son propre compte. Mais, fidèle en amitié, il se décide rapidement : « Ce sera pourtant Cœlio qui en profitera. »

Scène 4 : Tout heureux, Octave va trouver chez lui Cœlio et lui donne l'écharpe de Marianne. Octave, resté seul, tandis que son ami se dirige vers la demeure de celle qu'il aime, philosophe sur les caprices de l'amour et du hasard. Mais un valet interrompt ses pensées : il est porteur d'un mot de Marianne lui annonçant que son mari a posté des assassins autour de sa maison. Épouvanté, Octave, accompagné d'une troupe de domestiques, court vers la demeure de Claudio.

Scène 5 : Claudio donne des ordres à ses hommes de main. Cœlio frappe à la fenêtre de Marianne. La jeune femme, croyant qu'il s'agit d'Octave, le presse de partir, en l'appelant par le nom de son ami. Cœlio, s'imaginant qu'il est trahi, désespéré, au lieu de s'enfuir, court à la mort. Octave, arrivé trop tard, invective Claudio.

Scène 6 : La pièce s'achève dans un cimetière. Octave et Marianne s'entretiennent auprès du tombeau de Cœlio. La jeune femme constate l'impunité dont a bénéficié le juge Claudio grâce à sa position sociale et offre son amour à Octave. Mais, après avoir exalté la sincérité et la pureté de son ami mort, il la repousse : elle a refusé Cœlio qui l'aimait, pour accorder son amour à lui, Octave, qui n'est plus capable d'éprouver de la passion et ne peut donc répondre à ses sentiments.

4 Cœlio, Marianne et Octave : trois conceptions de l'amour

La construction des *Caprices de Marianne* est d'une simplicité limpide. Trois conceptions de l'amour s'y affrontent, incarnées par trois personnages centraux. L'amour passionné de Cœlio se heurte au refus de Marianne. Les caprices de la jeune femme, mis en avant par le titre même de la pièce, bien loin d'être des marques d'inconstance, sont des manifestations de sa peur de l'engagement amoureux, d'une aspiration profonde à la liberté. Quant à Octave, qui tente de plaider en faveur de son ami et de faire sortir Marianne de son insensibilité apparente, il se révèle comme un être épris d'idéal que l'amour a déçu.

CŒLIO

Cœlio est un être entier, totalement investi dans sa passion pour Marianne. Animé d'un amour absolu, il refuse toute concession. Désintéressé et pur, il apparaît fragile, désarmé, et constitue ainsi une cible privilégiée du désespoir.

Une passion intense

L'amour de Cœlio pour Marianne remplit toute son existence. Il ne peut se passer d'elle. Dès le début de la pièce, il exprime, en jouant sur les oppositions entre la vie et la mort, la force de cet amour indispensable, vital :

> Le souffle de ma vie est à Marianne ; elle peut d'un mot de ses lèvres l'anéantir ou l'embraser. Vivre pour une autre me serait plus difficile que de mourir pour elle ; ou je réussirai, ou je me tuerai.
>
> (I, 1).

Ce ne sont pas là simplement des paroles : l'acceptation de la mort à laquelle s'abandonne Cœlio à la fin de la pièce (II, 5) prouvera tragiquement sa sincérité.

Pour Cœlio, l'amour est unique. Aucun autre être ne saurait remplacer celle qu'il aime. Il rejette la théorie des libertins selon laquelle « toutes les femmes se ressemblent » (I, 1). Il repousse la proposition de son ami Octave : « Si tu en aimais une autre ? Viens avec moi chez Rosalinde » (I, 1). La conception de l'amour chez Cœlio est à l'image de celle des poètes de la Renaissance, Ronsard ou Du Bellay, faite de l'union spirituelle de deux cœurs, de deux sensibilités, de la fusion de deux âmes. Le libertin Octave l'a bien compris : lorsqu'il plaide auprès de Marianne la cause de son ami, il exalte « ce premier accord de deux âmes jumelles » (II, 3).

L'intensité de la passion de Cœlio se révèle dans la difficulté qu'il éprouve à en parler. Son amour apparaît tellement fort qu'il en est indicible. Mais la sincérité du jeune homme est à tel point évidente et touchante qu'Octave, le blasé Octave, s'exclame : « J'aime ton amour, Cœlio » (I, 1). Et il saura trouver les mots pour s'en faire l'interprète auprès de Marianne (I, 1 ; II, 3).

Une grande pureté de sentiments

La sincérité de Cœlio s'exprime dans la pureté qui caractérise ses sentiments. Cœlio est un être à peine sorti de l'adolescence. Il vit, depuis la mort de son père, seul auprès de sa mère, Hermia, qu'il aime, admire et respecte. La scène 2 de l'acte I, où il s'entretient avec elle, a pour objet de souligner cette sensibilité à fleur de peau qui le marque. Visiblement, il aspire, dans l'amour, à cette pureté et à cette exclusivité des sentiments qui le lient à Hermia. Il recherche une femme qui ressemblerait à sa mère. Par malheur, il retrouve ou croit retrouver cette similitude dans les circonstances du mariage d'Hermia, dont elle lui fait le récit à la scène 2 de l'acte I : un jeune homme, qui l'aimait, s'est suicidé, désespéré par son mariage avec un parent dont il avait fait, auprès d'elle, l'interprète de son amour. À son tour, Cœlio pensera, à tort, qu'Octave a trompé sa confiance en séduisant Marianne, et se livrera alors à la mort (II, 5).

Cette pureté de sentiments imprègne tous ses faits et gestes. Cœlio a conservé la naïveté de l'enfance. Il est comme neuf devant les spectacles de la nature ou la beauté de celle qu'il aime. Il vit pleinement toutes les sensations qu'il ressent. Ainsi, lorsqu'il évoque les sérénades qu'il donne en l'honneur de Marianne, il s'extasie :

> Quel charme j'éprouve, au lever de la lune, à conduire sous ces petits arbres, au fond de cette place, mon chœur modeste de musiciens, à marquer moi-même la mesure, à les entendre chanter le beauté de Marianne !
>
> (I, 1).

Cet être entier et exigeant ne conçoit pas la tromperie, se fait scrupule de tout : « Une dette pour moi est un remords », confie-t-il à Octave à la scène 1 de l'acte I.

Un être fragile et vulnérable

Trop sensible, Cœlio apparaît comme un être fragile et vulnérable. L'amour, qui est, pour d'autres, source de joie, devient, pour lui, cause de souffrance, instrument de mort. Octave en avertit clairement Marianne :

> Je ne vous parle pas de sa souffrance, de cette douce et triste mélancolie qui ne s'est jamais lassée de vos rigueurs, et qui en mourrait sans se plaindre. Oui, Marianne, il en mourra.
>
> (II, 3).

La mélancolie est, en effet, un trait essentiel de son caractère. Il a une conception éminemment pessimiste de l'existence. Il sait qu'il lui « manque le repos, la douce insouciance qui fait de la vie un miroir où tous les objets se peignent un instant et sur lequel tout glisse » (I, 1). Ses couleurs, ce sont le blanc, image de la pâleur que la souffrance et l'angoisse inscrivent sur son visage, et le noir, symbole du deuil et de la mort, comme le lui fait remarquer son ami Octave :

O Cœlio ! fou que tu es ! tu as un pied de blanc[1] sur les joues ! – D'où te vient ce large habit noir ?

(I, 1).

Cette vision négative crée, immanquablement, chez Cœlio, un sentiment d'échec. Il n'ose pas dire lui-même sa passion à Marianne et utilise successivement les services d'une entremetteuse, Ciuta, et d'un ami, Octave. Marianne relève cruellement cette impuissance, lorsqu'elle fait remarquer à Octave :

Il faut croire que sa passion pour moi était quelque chose comme du chinois ou de l'arabe, puisqu'il lui fallait un interprète, et qu'elle ne pouvait s'expliquer toute seule.

(II, 1).

Comment s'étonner, dans ces conditions, de sa vulnérabilité extrême ? Il a peur d'être trompé, trahi, et ne cesse de faire part de sa hantise à Octave :

Fais ce que tu voudras, mais ne me trompe pas, je t'en conjure ; il est aisé de me tromper ; je ne sais pas me défier d'une action que je ne voudrais pas faire moi-même. Je ne puis dire pourquoi ; il me semble que tu vas me tromper.

(I, 1).

Dis-lui que me tromper, c'est me donner la mort, et que ma vie est dans ses yeux.

(II, 1).

MARIANNE

Marianne apparaît comme l'instrument de la fatalité. C'est le destin qui conduit Cœlio à tomber amoureux de cette jeune femme, dont la froideur, l'orgueil et le goût de la liberté le conduiront à la mort.

Une beauté apparemment froide

Nombreuses sont, dans la pièce, les notations qui permettent aux spectateurs de se faire une idée précise de la personnalité de Marianne. Elle est jeune ; lorsqu'Octave lui demande son âge, elle lui répond : « et si je n'avais que dix-

1. Cœlio est si pâle qu'il semble s'être recouvert le visage d'une épaisse couche de fard blanc.

neuf ans, que voudriez-vous que j'en pense ? » (I, 1). Au sortir du couvent, elle a contracté un mariage de raison avec le vieux juge Claudio. Son éducation et cette union mal assortie font d'elle une femme apparemment soumise aux conventions. Ciuta la présente comme une « dévote » et à sa première entrée en scène, au début de la pièce, une indication scénique la montre « sortant de chez elle, un livre de messe à la main » (I, 1). Elle s'efforce de remplir ses devoirs d'épouse ; quand Octave l'interroge sur les sentiments qu'elle éprouve pour son mari, elle répond, il est vrai sur le mode interrogatif : « Pourquoi n'aimerais-je pas Claudio ? C'est mon mari » (I, 2).

Sa beauté est resplendissante. Cœlio et Octave ne cessent d'exprimer leur admiration. Cœlio la décrit en lui prêtant les fraîches couleurs pastel, évoquant « deux yeux bleus, deux lèvres vermeilles, une robe blanche et deux blanches mains » (I, 1). Octave insiste sur sa pureté et s'indigne de la voir unie à un vieillard (II, 3). Mais c'est surtout son indifférence qu'il souligne. Il la définit, à la scène 1 de l'acte II, en utilisant cette comparaison poétique : « [...] et vous êtes comme les roses de Bengale, Marianne, sans épines et sans parfum » ; indifférente aux autres, elle ne cherche ni à agresser ni à séduire. C'est cette alliance de la beauté et de la froideur qui causera la perte de Cœlio.

Une jeune femme à l'amour-propre affirmé

Si Marianne apparaît comme une beauté froide, c'est, pour beaucoup, parce qu'elle est conscience de sa valeur. Dès le début de la pièce, Ciuta la décrit comme « plus orgueilleuse que jamais » (I, 1). En fait, elle veut être respectée et n'admet pas la manière méprisante dont les hommes considèrent les femmes. Elle n'entend pas que l'on dispose d'elle. Elle s'insurge, à juste titre, au constat de la position dans laquelle on la place : ou elle cède à Cœlio, et alors elle est jugée comme « une femme bien abjecte », ou elle le repousse, et on la présente comme « un monstre » (II, 1). Elle ne veut pas, d'autre part, être considérée comme « une partie de plaisir » (II, 1). Elle a le respect d'elle-même ; en utilisant la comparaison avec le vin, elle établit une hiérarchie des valeurs :

elle fait une distinction entre les femmes faciles et celles, dont elle fait partie, qui doivent se mériter (II, 1).

Son amour-propre éclate également, lorsque son mari la soupçonne, à tort, d'infidélité. « Pour qui me prend-on ? », s'exclame-t-elle alors (II, 3). L'indifférence affectée fait brusquement place à la fureur et au désir de vengeance.

Un personnage sensible épris de liberté

En fait, la froideur n'est, chez Marianne, qu'un vernis sous lequel se révèle une sensibilité qu'elle essaie, en vain, de dominer. Sa révolte contre la façon dont les hommes traitent les femmes est significative. L'humour qu'elle sait montrer sous un air de supériorité amusée dissimule un besoin de se protéger contre les agressions et montre ainsi que la vulnérabilité est là, sous-jacente. Au lieu, par exemple, de s'indigner de la manière dont Octave entend disposer d'elle, elle lui répond par l'ironie, en utilisant un langage juridique :

> La jeunesse napolitaine daigne m'envoyer en votre personne un digne représentant, chargé de me faire savoir que j'aie à aimer ledit seigneur Cœlio d'ici à une huitaine de jours.
>
> (II, 1).

De même, lorsqu'Octave la compare à une « rose[s] de Bengale », elle dissimule son exaspération sous ce commentaire mordant :

> Bien dit. Aviez-vous préparé d'avance cette comparaison ? Si vous ne brûlez pas le brouillon de vos harangues, donnez-le-moi de grâce que je les apprenne à ma perruche.
>
> (II, 1).

Si Marianne ne veut pas s'engager, c'est qu'elle craint les conséquences que pourrait entraîner pour elle cet engagement. Sa liberté est déjà aliénée depuis son mariage avec Claudio. Elle a peur d'une liaison sentimentale, non pas tant parce qu'elle veut conserver sa réputation, mais parce qu'elle a conscience que ce serait une autre entrave à son désir d'indépendance. C'est la raison essentielle pour laquelle elle repousse Cœlio. Elle redoute sa passion, exigeante, sans concession, qui, paradoxalement, constitue, pour le jeune homme, un obstacle à la réalisation de son amour.

Dans ces conditions, les reproches qu'Octave lui adresse, à la scène 3 de l'acte II, lorsqu'elle refuse Cœlio, sont-ils fondés ? Est-elle bien cette femme capricieuse qu'il l'accuse d'être ? Et la pièce de Musset met-elle réellement en scène, comme son titre semble l'indiquer, les caprices de Marianne ? Tout simplement, elle entend choisir l'objet de son amour. On lui a déjà imposé le vieux Claudio. Elle refuse qu'on lui impose maintenant l'intransigeant Cœlio. Elle lui préfère le léger et subtil Octave.

OCTAVE

Octave joue le rôle de révélateur. Il révèle Marianne à elle-même, lui fait découvrir ce qu'est l'amour. Bien malgré lui, il suscite, par ailleurs, le malentendu qui va plonger Cœlio dans le désespoir et causer sa mort. Des trois personnages centraux, Octave apparaît comme le plus proche de Musset. Libertin désenchanté, il dissimule, sous une attitude blasée, la nostalgie d'une pureté enfuie, l'aspiration à un idéal déçu.

Une recherche frénétique du plaisir

Tout au long de la pièce, Octave se présente comme un libertin convaincu. Il aspire aux plaisirs de la vie. Il est attiré par l'amour, par un amour sensuel, par un amour facile ; lorsque, à la scène 1 de l'acte II, il vient de quitter Marianne, il demande au garçon de l'auberge où il s'est attablé : « [...] vous m'apporterez une certaine Rosalinde qui est rousse et qui est toujours à sa fenêtre. » Pour lui, le verbe « vous m'apporterez » le souligne, la femme est un objet à sa disposition. Elle ne mérite pas que l'on fasse des efforts pour la conquérir ; lorsque Marianne s'étonne de ce qu'Octave soit amateur de bon vin, alors qu'il se contente « d'une fille de joie », il lui rétorque :

> Combien de temps pensez-vous qu'il faille faire la cour à la bouteille que vous voyez pour obtenir ses faveurs ?
>
> (II, 1).

À la scène 3 de l'acte II, Marianne confirme cette pratique amoureuse d'Octave, en répondant, avec quelque dépit, à son mari qui l'accuse de l'avoir pris pour amant : « Il n'a de sa vie fait la cour à personne. » Il le reconnaît lui-même à la scène 6 de l'acte II : « Je ne sais point aimer » ; comme Cœlio le lui dit, à la scène 1 de l'acte I, l'amour n'est, pour lui, qu'« un passe-temps ».

À ces plaisirs de l'amour, il ajoute ceux du vin : « Moi, mon caractère est d'être ivre », admet-il volontiers à la scène 1 de l'acte I. Et, à deux reprises, à la scène 1 et à la scène 3 de l'acte II, Musset le représente assis sous la tonnelle d'une auberge. Il est grand amateur de divertissements et de fêtes. Lorsqu'il paraît, pour la première fois, sur scène, il est précédé d'« un bruit d'instruments » ; « un pied de rouge[1] sur les joues », il a revêtu un « accoutrement » de carnaval, porte une « batte d'Arlequin[2] » ; et il n'est pas rentré chez lui depuis « huit jours » (I, 1).

Un désenchanté frustré d'absolu

Mais cette attitude n'est, pour Octave, qu'un moyen de dissimuler son désenchantement. Contrairement à ce qu'il affirme, il croit en la pureté de l'amour. Il aspire à un absolu, que personne, il le sait par expérience, ne peut malheureusement prétendre atteindre ici-bas. Il voudrait aimer, comme Cœlio aime, mais il n'y parvient plus, il ne sait plus éprouver la passion qui l'a si souvent déçu. Cette aspiration désespérée se manifeste pleinement dans sa volonté de se faire l'interprète de Cœlio. Lorsqu'il défend la cause de son ami auprès de Marianne, il est convaincant, parce qu'il exprime son besoin d'amour en quelque sorte par procuration. Il le fait avec une telle sincérité que la jeune femme finira par croire qu'il parle en son nom et deviendra amoureuse de lui.

Mais, malgré le trouble qu'il éprouve, il reste fidèle à son amitié pour Cœlio. Son idéalisme se révèle au grand jour dans cet attachement désintéressé : « Cœlio est le meilleur de mes amis », confie-t-il à Marianne (I, 1). Il ne le trahira donc pas. Et la mort de son ami le confirme dans ce désenchantement qui est le sien : « Ce tombeau m'appartient [...] ; c'est moi qu'ils ont tué », s'exclame-t-il à la dernière scène, près du tombeau de Cœlio.

1. Il a les joues couvertes d'un épais fard rouge.
2. Sabre de bois que porte Arlequin, personnage de la comédie italienne.

5 Les personnages complémentaires

Parmi les personnages complémentaires, deux d'entre eux, Claudio et Hermia, jouent un rôle relativement important dans le schéma dramaturgique, tandis que les autres remplissent des fonctions subalternes.

LES FONCTIONS DE CLAUDIO ET D'HERMIA

Au premier abord, Claudio et Hermia apparaissent comme des personnages fort dissemblables. Claudio, antipathique, est l'adversaire de Cœlio ; Hermia, sympathique, est l'alliée de son fils. Mais l'un et l'autre contribuent à la perte du jeune homme, Claudio par ses actes, Hermia par l'interprétation prémonitoire que suscite son passé.

Claudio, le vieux juge ridicule

Comme l'indique la liste des personnages, Claudio est « juge ». Ses fonctions lui confèrent une puissance redoutable et l'assurent de l'impunité : Marianne, pour excuser Octave de n'avoir pas vengé la mort de son ami, lui assure que son mari est « trop puissant dans cette ville pour rien craindre » de lui (II, 6). C'est, par ailleurs, un personnage traditionnel dans le théâtre, celui du vieillard qui veut épouser ou a épousé une très jeune fille : *L'École des femmes* (1662) de Molière ridiculise ainsi Arnolphe qui a recueilli Agnès tout enfant et l'a élevée dans l'intention d'en faire plus tard sa femme. La vieillesse de Claudio est soulignée tout au long de la pièce. Elle introduit le thème si souvent traité, dans la comédie, du mariage de raison et de ses conséquences néfastes. Cette sorte de troc entre la jeunesse, la beauté de l'épouse, d'une part, et la richesse, la situation sociale du mari, d'autre part, est présentée comme contre nature. Octave s'indigne à l'adresse de Marianne : « Vous, si belle, si jeune, si pure encore, livrée à un vieillard qui n'a plus de sens, et qui n'a jamais eu de cœur ! » (II, 3).

Son caractère et son comportement font de ce personnage un obstacle au bonheur du jeune amoureux. Cet obstacle relève, à la fois, de la comédie et de la tragédie. Sa vieillesse jalouse, son langage encombré d'expressions juridiques (I, 3 ; II, 3) prêtent à rire et rappellent les types pittoresques de la comédie italienne[1] et du théâtre de Molière. Son tempérament vindicatif, sa cruauté et sa lâcheté le rendent odieux et le rapprochent de la tonalité tragique. Il n'hésite pas à faire assassiner par un spadassin celui qu'il prend pour l'amant de sa femme, puis à nier le meurtre : « Cherchez dans ce jardin, si bon vous semble », dit-il à Octave, « je n'y ai vu entrer personne » (II, 5).

Hermia, la mère attentionnée

Hermia joue un rôle très épisodique, puisqu'elle ne paraît que dans une seule scène (I, 2). Mère attentionnée et tendre, elle entoure son fils Cœlio de sa sollicitude. Elle veille à son confort, est attentive à ses problèmes, et révèle ainsi la vulnérabilité, la dépendance du jeune homme. En rappelant les liens étroits qui l'unissent, depuis son enfance, à son fils, elle souligne sa sensibilité et l'exclusivité de ses sentiments.

Hermia est aussi la confidente de son fils, sa « vieille sœur » désireuse de partager ses soucis. Mais, en l'occurrence, elle n'a pas rempli ce rôle qui est généralement le sien, puisque Cœlio ne lui a pas fait part de ses déboires amoureux : voilà qui en montre toute la gravité.

Hermia est encore séduisante. Elle a été belle et a conquis tous les cœurs. Après une vie romanesque, veuve, elle a reporté sur son fils ses aspirations amoureuses. Comme Marianne, elle a inspiré l'amour, mais n'a pas trouvé l'occasion d'exprimer sa passion : « [...] vous avez promené une insouciante et superbe jeunesse ; vous n'avez point aimé »,

---

1. La *commedia dell'arte*, forme théâtrale née en Italie et surtout féconde du XVIe au XVIIIe siècle, mettait en scène des personnages aux caractères pittoresques et tranchés.

lui fait remarquer Cœlio. Comme Marianne, elle s'est montrée cruelle, en préférant à Orsini un parent que ce dernier avait choisi comme intermédiaire. L'autre fonction d'Hermia est donc d'offrir à son fils comme un double de cette Marianne qu'il aime et de lui faire soupçonner Octave, dont le rôle peut lui rappeler celui de son propre père.

LES PERSONNAGES ACCESSOIRES

Parmi les personnages accessoires, Ciuta, Tibia et Malvolio sont crédités d'un nom, tandis que les spadassins, le garçon et les domestiques sont réduits à de simples fonctions.

Ciuta, Tibia et Malvolio

Ciuta est une entremetteuse. Sa fonction est de servir d'intermédiaire entre Cœlio et Marianne. Vieille femme intéressée par l'argent, elle s'acquitte de cette tâche dès le début de la pièce (I, 1). Elle apparaît, à nouveau, à la scène 1 de l'acte II, pour exprimer sa commisération envers Cœlio et pour abandonner à Octave ses fonctions d'intermédiaire. C'est par dépit de se voir remplacée qu'elle conseille à Cœlio de se méfier d'Octave (II, 2) : voilà qui explique, en partie, pourquoi ce jeune homme influençable sera si facilement persuadé de la trahison de son ami (II, 5).

Tibia est présenté dans la liste des personnages comme le « valet de Claudio ». Il paraît toujours au côté de son maître (I, 1 et 3 ; II, 1, et 5), sauf à la scène 3 de l'acte II dans laquelle le juge admoneste Marianne. Plus qu'un valet, il est l'homme de confiance de Claudio. C'est à lui que le mari jaloux a demandé d'engager un spadassin pour tuer l'amant supposé de sa femme (I, 3). Et il est présent lorsque Cœlio est assassiné (II, 5). Son portrait physique et intellectuel est esquissé par Claudio : « Tu es fort laid, mais tu as beaucoup d'esprit », remarque-t-il à la scène 1 de l'acte I. Et, de fait, il sait habilement exprimer son avis, sans contrarier son maître, excelle à rejoindre les positions de Claudio, lorsqu'il s'aperçoit qu'il est allé trop loin dans l'expression de son opinion.

Malvolio est l'« intendant d'Hermia », c'est-à-dire l'homme chargé de la gestion de la maison. Il est présent dans une seule scène, celle où paraît la mère de Cœlio (I, 2). Elle donne de lui l'image d'un serviteur dévoué, mais bougon. Son unique fonction dramaturgique est de révéler à Hermia, et de confirmer au spectateur, l'obsession amoureuse de Cœlio.

Les personnages anonymes

Parmi les personnages anonymes, les hommes de main, les spadassins, occupent une place à part. Ils constituent une menace permanente, liée à la jalousie et aux soupçons de Claudio. Le juge y fait, par deux fois, allusion (I, 1 et 3). Ce sont finalement deux spadassins qui entrent en action à la scène 5 de l'acte II. Dépourvus de caractérisation précise, ils ne sont que des instruments au service de Claudio.

Cette fonction d'exécution se révèle beaucoup plus secondaire dans le cas du garçon d'auberge (II, 1) et du domestique (II, 3 et 4). Ces personnages jouent le rôle de messagers. Le garçon va, de la part d'Octave, chercher Cœlio et une certaine Rosalinde. Marianne appelle un domestique pour l'envoyer demander à Octave de la rejoindre et mettre ainsi à exécution sa volonté de se venger de son mari. C'est peut-être le même domestique qui vient avertir, mais trop tard, Octave que des spadassins sont postés dans le jardin de Claudio, créant ainsi un fort effet dramatique.

Quant aux domestiques, qui figurent en grand nombre à la scène 2 de l'acte I et à la scène 4 de l'acte II, ils ont pour but de souligner la haute situation sociale de Cœlio.

6 Le traitement de l'action, du temps et du lieu

Les Caprices de Marianne donnent une impression de vivacité, de rapidité. Tout, dans l'organisation théâtrale, y concourt : l'action est d'une simplicité extrême ; elle est concentrée dans le temps ; elle se déplace d'un lieu à l'autre, sans tomber dans une dispersion spatiale excessive.

UNE ACTION LIMPIDE ET VIVE

L'action des *Caprices de Marianne* est extrêmement simple, limpide. Le dynamisme que lui confère cette simplicité est encore renforcé par la vivacité des dialogues.

La simplicité de l'action

La simplicité de l'action se reflète dans l'organisation même de la pièce. Elle permet à Musset de faire l'économie de ces scènes traditionnelles d'exposition destinées à fournir au spectateur les données nécessaires à la compréhension des faits. Il suffit de présenter l'intensité de la passion de Cœlio et le refus de Marianne pour montrer que la fatalité est en marche.

Dans ces conditions, l'action peut réellement commencer dès l'ouverture du spectacle, tout en renseignant avec précision le spectateur sur le sujet de la pièce. Le timide et désespéré Cœlio est amoureux de l'orgueilleuse Marianne, mal mariée au vieux juge Claudio. Elle repousse les avances de son soupirant qui trouve, en la personne du libertin Octave, son ami, un avocat convaincu auprès d'elle.

Dès lors, la montée progressive du désespoir de Cœlio, de l'intransigeance de Marianne et de la jalousie de Claudio constitue le moteur de l'action. La pièce se déroule selon une logique implacable. Rien n'arrête l'engrenage fatal, ni les efforts d'Octave, ni la sollicitude d'Hermia. Tout concourt à l'issue tragique, même les éléments apparemment anecdotiques. C'est ainsi que le rappel des circonstances du mariage de sa mère (I, 2) et les mises en garde de Ciuta à propos d'Octave (II, 2) contribuent à la perte de Cœlio, en instillant la méfiance dans son esprit. Le seul coup de théâtre qui anime la pièce, sous ses apparences d'abord favorables, aura lui aussi des répercussions négatives pour Cœlio : Marianne se décide, pour se venger de son mari, à prendre un amant. Mais elle refuse Cœlio et sollicite Octave, qui entend bien faire profiter son ami de ce revirement inattendu (II, 3).

C'est cette ruse qui provoque le dénouement sanglant. Il est rapide et fait intervenir le quiproquo, la méprise, procédés souvent exploités dans le théâtre : Cœlio se présente à Marianne à la place d'Octave. Les avertissements de la jeune femme qui l'appelle par le nom de son ami lui font croire à une trahison et il court, désespéré, à la mort (II, 5). Un second dénouement achève la pièce, à la scène 6 de l'acte II : Octave repousse Marianne qui lui avoue son amour.

Le dynamisme des dialogues

Les dialogues contribuent à créer cette vivacité qui marque la pièce. Certes, Musset sacrifie parfois à la mode des longues tirades. Empreintes de lyrisme, encombrées de comparaisons et d'images, elles ne sont guère adaptées au fonctionnement théâtral : elles en ralentissent alors le rythme et conviennent davantage à la lecture qu'à la représentation. Elles fleurissent dans les propos qu'Octave échange avec Cœlio (I, 1) et surtout avec Marianne (I, 1 ; II, 1, 3 et 6).

Mais Musset n'a pas abusé de ces exercices de style dont il a su, par ailleurs, limiter la longueur des développements. Le plus souvent, il a recours à des échanges animés de répliques, qu'il fait se succéder avec une grande rapidité. Il s'efforce de recréer les conditions de la conversation, de donner à ses personnages le style de l'oral, de leur prêter un vocabulaire naturel, simple, voire familier. Les dialogues sont alors morcelés, marqués par des interruptions ou des relances. Ainsi, lorsque Marianne demande à Octave de lui parler de Cœlio, ce revirement le plonge dans l'étonnement, ce qui se traduit par cet échange haché de propos :

> Marianne. – Eh bien ! parlez-moi de lui.
> Octave. – Sérieusement ?
> Marianne. – Oui, oui, sérieusement. Me voilà. J'écoute.
> Octave. – Vous voulez rire ?
>
> (II, 3).

Les interrogations et les exclamations, en grand nombre, concourent également à animer le style. Elles traduisent l'émotion des personnages. Ainsi la courte scène 2 de l'acte II, où paraissent Ciuta et Cœlio, ne contient pas moins de dix interrogations et exclamations, indices du désarroi du jeune amoureux et de la perplexité, réelle ou feinte, de l'entremetteuse.

Musset, pour rendre l'expression de ses personnages vivante, a enfin largement usé du contraste des tonalités. Comique et tragique alternent : à la scène 1 de l'acte II, par exemple, Octave mène d'abord avec Claudio un duo plein d'humour ; puis il s'entretient avec le désespéré Cœlio, auquel il apprend que Marianne rejette son amour.

UN TEMPS CONCENTRÉ

L'action des *Caprices de Marianne* est ramassée dans le temps. C'est à un moment de crise que Musset, à la manière des dramaturges classiques du XVIIe siècle, convie le spectateur. Mais cette concentration est, en partie, atténuée par l'introduction d'éléments qui viennent rompre la continuité et l'unité du déroulement temporel.

Une journée tragique

Une journée suffit pour que soit scellé le destin de Cœlio. Musset multiplie les détails destinés à montrer cette concentration de l'action.

Le début de la pièce se situe certainement le matin : Claudio, exaspéré par les sérénades données en l'honneur de sa femme, demande à son valet Tibia : « Tu m'iras chercher ce soir le spadassin que je t'ai dit » (I, 1).

À la scène 2 de l'acte I, c'est le début de l'après-midi. Il fait chaud, et Hermia ordonne à un domestique :

> Ces jalousies fermées sont trop sombres ; qu'on laisse entrer le jour sans laisser entrer le soleil.

La fin de la journée est encore éloignée, puisque la mère de Cœlio demande à son fils : « Eh bien, mon cher enfant, quels seront vos plaisirs aujourd'hui ? » La scène 3 de l'acte I se situe à peu près au même moment ; Tibia fait, à nouveau, allusion au « spadassin qui va venir ce soir ».

À la scène 1 de l'acte II, Musset met dans la bouche de Ciuta une indication précise : « Silence ! », dit-elle, « vêpres sonnent. » Il est donc trois heures de l'après-midi environ. La scène 2 se déroule peu de temps après, puisque Ciuta, parlant à Cœlio de l'entretien de la scène précédente entre Octave et Marianne, note qu'il s'est déroulé « Tout à l'heure ». La scène 3 prend place à la fin de la journée, comme le révèle la question que pose Marianne à son mari : « À qui en avez-vous ce soir ? » Quant aux scènes 4 et 5, elles se situent après la tombée de la nuit : à la scène 4, Octave vient chercher Cœlio pour l'envoyer au rendez-vous fixé par Marianne, et une indication scénique précise clairement à la scène 5 : « Il est nuit. »

Les ruptures de la continuité temporelle

Musset a enrichi ce fonctionnement temporel en ménageant un certain nombre de ruptures. La plus significative concerne la scène 6 de l'acte II. Cette scène échappe à l'unité de temps. Octave et Marianne se recueillent sur la tombe de Cœlio, donc après son enterrement qui, nécessairement, s'est déroulé quelques jours après la nuit fatale de sa mort. Cette entorse à la linéarité de la pièce permet aux deux personnages de tirer, avec quelque recul, les enseignements de la fin tragique de Cœlio.

Le découpage de la pièce en actes et en scènes sert, d'autre part, à ménager des ruptures temporelles à l'intérieur de l'action. Musset a usé, de façon intéressante, de ces deux types de division. Alors qu'il s'écoule plusieurs heures entre l'acte I et l'acte II, un temps beaucoup plus restreint sépare les différentes scènes. Par ailleurs, la continuité temporelle est de mise à l'intérieur de chaque scène : elle est garantie par le maintien d'un personnage au moins sur le théâtre au cours des mouvements (sorties et entrées) qui s'opèrent.

Enfin, Musset a bien pris soin de renseigner le spectateur sur ce qu'ont vécu les personnages avant l'ouverture de l'action. Ainsi se trouve évoqué un passé plus ou moins lointain. Cela va des détails sur l'enfance de Cœlio (I, 2) à l'indication signalant qu'Octave n'est pas rentré chez lui depuis « huit jours » (I, 1), en passant par la précision selon laquelle Cœlio amoureux cherche à voir Marianne « depuis un mois entier » (I, 1). De même, les personnages de la pièce ont un avenir que précise, en particulier, la scène 6 de l'acte II : Marianne continuera à aimer, en vain, Octave, qui, désespéré par la mort de son ami, décide de renoncer aux plaisirs de la vie.

UN DISPOSITIF SCÉNIQUE SOBRE

Si Musset n'est pas allé jusqu'à adopter le lieu unique cher aux dramaturges classiques du XVIIe siècle, il a opté pour une certaine concentration spatiale. L'essentiel de l'action se déroule dans un quartier d'une ville, et l'utilisation de ce dispositif scénique n'est guère porteuse de pittoresque.

Un quartier de Naples

Comme le signale l'indication laconique qui suit la liste des personnages, l'action se déroule à « Naples ». C'est un quartier de la ville comportant plusieurs éléments de décor qui sert de cadre à la pièce : à chaque changement de décor, signalé par une indication scénique, correspond un changement de scène. Ces décors se répartissent en trois grands groupes.

La maison de Claudio (II, 3) et son jardin (I, 3 ; II, 5) servent de cadre à trois scènes. La demeure d'Hermia, que Claudio présente comme sa « voisine » (I, 3) et où habite Cœlio, concerne deux scènes (I, 2 ; II, 4). Enfin, trois scènes (I, 1 ;

II, 1 et 2) se déroulent dans la rue, à proximité de la maison de Claudio. Dans une de ces rues, prend place une auberge avec une tonnelle sous laquelle Octave s'assoit (II, 1).

Une seule scène échappe à cette concentration locale, comme elle échappait déjà à la concentration temporelle : la scène 6 de l'acte II se déroule dans « Un cimetière », « auprès d'un tombeau », donc certainement en dehors du quartier où se situait le reste de l'action.

Comme souvent dans son théâtre, Musset affiche, dans *Les Caprices de Marianne*, sa prédilection pour les décors d'extérieur. Au nombre de trois, le jardin de Claudio, les rues et le cimetière, ils concernent six scènes, tandis qu'interviennent deux décors d'intérieur seulement, la maison de Claudio et celle d'Hermia qui n'intéressent que trois scènes.

La signification symbolique des lieux

Musset n'a pas recherché le pittoresque dans l'évocation des lieux. La Naples de la Renaissance italienne qui est censée servir de cadre à la pièce évoque tout aussi bien une ville française des années 1830. Les accessoires, en petit nombre, ne sont eux non plus guère suggestifs ; ils possèdent plutôt une signification symbolique. Le « livre de messe » que tient Marianne au début de la pièce (I, 1) a pour fonction de révéler l'apparente intransigeance morale de la jeune femme. La « batte d'arlequin » que porte Octave dans la même scène montre la légèreté du personnage. Les nombreux objets auxquels Hermia fait allusion (I, 2) soulignent sa sollicitude envers son fils pour lequel elle veut ménager un intérieur agréable. Les chaises renversées par Marianne (II, 3) prouvent l'intensité de sa colère, tandis que l'écharpe qu'elle donne à Octave est comme un aveu indirect de l'amour qu'elle éprouve pour lui. Les épées utilisées (II, 5) fonctionnent comme des instruments de mort.

Cette absence de pittoresque est également sensible dans la sobriété des indications scéniques. Pour la plupart, elles rendent compte brièvement des mouvements des personnages, soulignent la fréquence de leurs allées et venues, que favorise le rapprochement des lieux, facteur important de la vivacité de l'action.

7 La variété des tonalités

Si, dans *Les Caprices de Marianne*, Musset est resté relativement proche de la conception classique de l'action, du temps et du lieu, il n'a pas, en revanche, adopté l'unité de ton. Les tonalités de la pièce sont d'une grande variété. Sous cette diversité, deux traits principaux se dégagent : l'alliance du réalisme et de la fantaisie, et l'expression du lyrisme.

L'ALLIANCE DU RÉALISME ET DE LA FANTAISIE

Comme dans la plupart de ses pièces, Musset, dans *Les Caprices de Marianne*, mêle intimement réalisme et fantaisie. Il s'efforce d'évoquer la réalité, tout en la transformant par les apports de sa personnalité et de son imagination.

De l'Italie de la Renaissance à la France des années 1830

La mise en scène prévue lors de la création de la pièce en 1851 le révèle : l'action se déroule à Naples, à l'époque de la Renaissance. Mais selon son habitude, Musset n'a pas travaillé à une reproduction historique fidèle. La vie qu'il décrit représente comme un compromis entre cette période et celle où il vit. La plupart des personnages reçoivent des noms italiens ; mais deux d'entre eux, et non des moindres, Marianne et Octave, ont des noms français. Le comportement et les pouvoirs du juge Claudio conviennent aux deux époques ; mais ses procédés expéditifs ont davantage leur place dans la période troublée de la Renaissance italienne. L'évocation des grandes familles aristocratiques dont font partie Octave et Cœlio renvoie aux villes de l'Italie de la Renaissance ; mais les deux jeunes gens affichent des préoccupations, expriment des conceptions du monde, qui sont celles des romantiques français des années 1830 (voir p. 41).

Les scènes de rue, dans lesquelles excellen Musset, corrrespondent plutôt à la vie d'une ville française. Musset convie le spectateur à assister aux allées et venues de ses personnages, lui présente une pittoresque scène d'auberge (II, 1), où il peut voir Octave convoquer plaisamment, en habitué des lieux, les personnages avec lesquelles il désire s'entretenir. À la fin de la pièce, c'est un épisode nocturne qui est représenté, et Musset, dans une indication scénique, prévoit une mise en scène d'un réalisme tragique : « On entend des cris étouffés et un bruit éloigné dans le jardin » (II, 5).

La part personnelle de Musset

Le réalisme, déjà réduit par le mélange de la Renaissance italienne et de la période contemporaine de Musset, se trouve, par ailleurs, contrebalancé par les apports de l'imagination de l'auteur. La fantaisie prend place, en premier lieu, dans l'utilisation qui est faite des personnages traditionnels de la comédie italienne. Musset réutilise les types pittoresques de l'amoureux transi, du mari jaloux, de l'entremetteuse ou du serviteur, mais en leur conférant un contenu nouveau, en les nourrissant de sa propre inspiration. Il le souligne clairement, en leur donnant des noms, Ciuta ou Tibia, inconnus de la comédie italienne ou, comme Malvolio, empruntés à Shakespeare.

La part personnelle de l'auteur apparaît dans l'expression qu'il prête à ses personnages. Ainsi, lorsque, à la scène 1 de l'acte II, Claudio et Octave s'affrontent, en faisant assaut d'ironie, c'est l'humour de Musset qui transparaît dans un véritable exercice stylistique auquel il s'amuse. Les deux personnages s'expriment alors de façon semblable, symétrique, sans que rien ne puisse distinguer leur expression :

> OCTAVE. – En quelle façon, juge plein de science ?
> CLAUDIO. – En y voulant frapper, cousin plein de finesse.
> (II, 1)

Mais c'est surtout à travers le lyrisme que Musset fait sentir sa présence.

UNE EXPRESSION LYRIQUE

Le lyrisme, cette expression des sentiments personnels, trouve difficilement sa place dans une œuvre théâtrale. L'auteur dramatique ne peut pas en effet intervenir directement : seuls ses personnages ont la parole. Musset a su, dans *Les Caprices de Marianne*, tourner cette difficulté. Il s'exprime à travers ses personnages. Tout en évitant de les présenter, de façon trop voyante, comme ses porte-parole, il leur prête ce style somptueux, imagé et sensible qui est le sien.

Le lyrisme imprègne *Les Caprices de Marianne*. Il est présent dans le recours incessant à un style imagé fait de comparaisons et de métaphores. Il est visible dans l'expression souvent exacerbée d'une sensibilité propice aux épanchements et aux confidences.

Un style imagé

L'ensemble des personnages de la pièce, qu'ils soient importants ou secondaires, s'exprime en un style imagé. On y retrouve tous les caractères propres à l'expression de Musset et, plus largement, à celle des romantiques qui sont attirés par les rapprochements, les analogies. Les comparaisons abondent, aussi bien présentes dans les moments de tension que dans les instants de détente, relevant tour à tour du registre sublime et de la tonalité prosaïque. Ainsi Octave dit, avec émotion, de Cœlio qu'il est « beau comme le jour » et « triste comme la mort » (I, 1), tandis que Claudio, emporté par une colère comique, demande à Marianne :

> Pensez-vous qu'un juge criminel[1] ignore la valeur des mots, et qu'on puisse se jouer de sa crédulité comme de celle d'un danseur ambulant ?
>
> (II, 3).

Souvent, dans *Les Caprices de Marianne*, la comparaison devient implicite. Les personnages font un grand usage de la métaphore, si prisée des romantiques, qui assimile une réalité à une autre, sans utiliser de terme de comparaison.

---

1. Un magistrat chargé de juger les crimes.

Tantôt, la métaphore est poétique : Octave, au lieu de parler de l'amour, fait allusion à « Un mal, le plus cruel de tous, car c'est un mal sans espérance » (I, 1) ; Marianne s'indigne de ce que l'on désigne la femme par cet équivalent infamant, « une belle nuit qui passe » (II, 1). Tantôt, la métaphore se fait prosaïque : à la scène 2 de l'acte I, Claudio et Octave se désignent mutuellement en utilisant des appellations de substitution qui se veulent blessantes, qui renvoient à des caractéristiques considérées comme scandaleuses ou ridicules. Octave reçoit ainsi les qualificatifs de « charmant pilier de cabaret », « aimable croupier de roulette », « cher cornet de passe-dix[1] », qui correspondent à ses mœurs de libertin attiré par le jeu ; Claudio, de son côté, est successivement nommé « cher procès-verbal », « chère sentence de mort », « cher verrou de prison », définitions caricaturales de ses fonctions de juge.

À plusieurs reprises, les personnages usent de ce qu'on appelle la métaphore filée, long développement, particulièrement propice au lyrisme. Ainsi, Cœlio évoque en une métaphore maritime celui qui s'est engagé dans un amour non partagé :

> Mollement couché dans une barque, il s'éloigne peu à peu de la rive ; il aperçoit au loin des plaines enchantées, de vertes prairies et le mirage léger de son Eldorado[2]. Les vents l'entraînent en silence, et quand la réalité le réveille, il est aussi loin du but où il aspire que du rivage qu'il a quitté ; il ne peut plus ni poursuivre sa route ni revenir sur ses pas. (I, 1).

Un peu plus loin, dans la même scène, Octave utilise une métaphore encore plus développée, où il assimile sa vie à celle d'« un danseur de corde » menant, malgré les dangers qui le menacent, « sa course légère de l'orient à l'occident ».

Un langage marqué par la sensibilité

Le lyrisme apparaît aussi dans la sensibilité qui caractérise l'expression. Le vocabulaire utilisé par les personnages est fréquemment subjectif, révélateur des sentiments. Cœlio ne

1. Le passe-dix, jeu à trois dés où l'on parie de faire plus de dix.
2. Pays chimérique, rêvé, comme l'Eldorado, contrée imaginaire de l'Amérique du Sud qui était censée regorger d'or.

cesse ainsi de recourir à des termes négatifs, manifestations de sa souffrance et de son désespoir. La deuxième réplique qu'il prononce, donne, dès le début de la pièce, la coloration pessimiste qui marque tous ses propos :

> Ah ! malheureux que je suis, je n'ai plus qu'à mourir. Ah ! la plus cruelle de toutes les femmes ! Et que me conseilles-tu, Ciuta ? quelle ressource puis-je encore trouver ?
>
> (I, 1).

Le désarroi que véhicule le vocabulaire se trouve encore renforcé par l'abondance des interrogations et des exclamations, qui constitue un des traits constants du langage de Cœlio.

Les personnages manifestent également leur sensibilité à fleur de peau dans leur besoin d'épanchement. La plupart des scènes de la pièce sont faites de confidences mutuelles entre Cœlio et Octave (I, 1 ; II, 1), entre Cœlio et Hermia (I, 2) et surtout entre Octave et Marianne (I, 1 ; II, 1, 3 et 6). Les personnages se parlent alors autant à eux-mêmes qu'à ceux auxquels ils semblent s'adresser : voilà qui accentue encore le caractère lyrique de ces confidences. Ce besoin qu'ils éprouvent de réfléchir sur leurs sentiments est confirmé par l'abondance des monologues. Cette courte pièce n'en contient pas moins de cinq, trois prononcés par Octave (II, 1, 3 et 4), un par Cœlio (I, 1) et un par Marianne (II, 3).

8 Un thème principal : « le mal du siècle »

Le thème central développé dans *Les Caprices de Marianne* confirme la dimension lyrique de la pièce. Les trois personnages principaux, Cœlio, Marianne et Octave, expriment un mal de vivre que ressentait profondément Musset. Ce que les romantiques appellent « le mal du siècle » résulte d'un sentiment de désenchantement et d'échec. Nés dans une France en plein bouleversement, dans laquelle les régimes politiques les plus divers se succèdent, les romantiques ne parviennent pas y trouver leur place, ne savent pas quel rôle y jouer. Leur espérance de voir enfin s'instaurer l'harmonie et la justice est sans cesse déçue. Dans ces conditions, ils souffrent cruellement de leur incapacité à réaliser un idéal inaccessible dans un monde perverti par les apparences. Face à cette impuissance, ils tentent désespérément de trouver des solutions de remplacement pour essayer d'échapper à la souffrance et à la désillusion.

UNE RECHERCHE DE L'ABSOLU VOUÉE À L'ÉCHEC

Les trois personnages principaux de la pièce sont, on l'a vu (voir p. 18), en quête d'un idéal. Ils recherchent la communion totale avec un être qui répondrait à leurs aspirations profondes. Ils font de l'amour un absolu qui leur permettrait de se réaliser pleinement. Mais cet idéal se dérobe sans cesse, et cette impossibilité de le saisir rend encore plus tragique la fuite inéluctable du temps.

Un idéal inaccessible

L'idéal se révèle inaccessible. Il ne fait pas partie de ce monde. Les êtres, ici-bas, sont décevants, parce qu'ils refusent cette communion intense ou parce qu'ils ne répondent pas aux espoirs qui étaient mis en eux : Cœlio semblait avoir trouvé son absolu avec Marianne, mais il se heurte au refus hautain de la jeune femme ; Octave, à force d'expériences négatives, paraît avoir renoncé définitivement à cette quête de l'idéal, même s'il y croit encore, même s'il accorde foi à la beauté de l'amitié. Dès lors, l'idéal, au lieu d'être source d'épanouissement, est cause de douleur. Marianne l'a bien compris : elle a peur de se laisser séduire par une passion trop forte, trop exigeante, qui aliénerait sa liberté et, au bout du compte, la décevrait. C'est pour cette raison qu'elle préfère le volage Octave au trop fidèle Cœlio.

En liaison avec cette quête de l'amour, s'affirme une aspiration à la pureté. Cette notion de pureté apparaît constamment tout au long de la pièce. C'est parce qu'Octave est ému par la pureté des sentiments de son ami Cœlio qu'il accepte de se faire le porte-parole de son amour auprès de Marianne (I, 1). C'est parce que Marianne, sous sa froideur, cache un cœur pur qu'elle touche Octave : « Vous, si belle, si jeune, si pure », lui dit-il à la scène 3 de l'acte II.

La nostalgie du temps passé

De façon significative, la pureté est liée à la jeunesse. La nostalgie de la pureté, c'est le regret de l'enfance enfuie, c'est l'amertume éprouvée face au temps qui passe, c'est le constat de l'usure provoquée par les expériences de la vie. Dans le mal du siècle, le tragique du sentiment de la fuite du temps est accentué par la précocité de son apparition. Ces désenchantés sont encore dans la fleur de leur jeunesse. Bien qu'ils aient pourtant peu vécu, le poids de la vie pèse déjà lourdement sur leurs épaules, comme s'ils en avaient subi toutes les désillusions.

Le désespoir qu'ils éprouvent est encore aggravé par les perspectives d'un avenir qui les éloignera davantage de cette sorte d'âge d'or de leur enfance. Cette réalité de l'usure du temps était particulièrement sensible pour la femme du

XIXe siècle, puisque l'on considérait que sa jeunesse s'achevait avec la trentaine. C'est ce qu'Octave fait remarquer, de façon cruelle mais réaliste, à Marianne, lorsqu'elle lui apprend qu'elle a dix-neuf ans :

> Vous avez donc encore cinq ou six ans pour être aimée, huit ou dix pour aimer vous-même et le reste pour prier Dieu.
>
> (I, 1).

LE TRIOMPHE DES FAUX-SEMBLANTS

Qu'offre le monde à ces exigences d'authenticité ? La vie sociale est dominée par les apparences. L'homme ne saisit pas la vérité profonde de l'univers.

Le poids des conventions sociales

Les conventions sociales imposent leur loi. La société est dominée par les préoccupations matérielles. Sous le roi bourgeois Louis-Philippe (1830-1848), l'argent règne en maître. Ceux qui le possèdent imposent leur pouvoir. La soumission aux règles de la société se substitue au désir individuel : Marianne, au sortir de son couvent, a été contrainte à un mariage de raison, a été forcée par ses parents d'épouser, à dix-neuf ans, le vieux juge Claudio. Ce monde matériel est un monde d'apparences. Il repose sur des obligations qu'il convient de respecter pour tenir sa place dans la société : Marianne, éduquée dans un couvent, mariée avec un personnage important, le juge Claudio, doit présenter tous les signes extérieurs de la respectabilité, aller régulièrement à la messe, passer, comme le dit Tibia, « pour un dragon de vertu dans toute la ville » (I, 1).

Dans ce milieu conformiste, la légèreté et les plaisirs ne sont pas de mise : Octave, à la scène 1 de l'acte I, énumère toutes ces « vieilles petites figures racornies » qui essaient de faire tomber ce « danseur de corde » auquel il s'identifie ; « créanciers », « parents », « courtisans » s'acharnent à « lui faire perdre l'équilibre », l'accablent de paroles de remontrance sous la forme de « phrases redondantes », de « grands mots enchâssés », le menacent de « prédictions sinistres ».

Une réalité insaisissable

Ce n'est pas seulement la société qui impose ses apparences. Le monde tout entier n'est qu'apparence : comme le constate Cœlio,

> Chaque homme marche enveloppé d'un réseau transparent qui le couvre de la tête aux pieds : il croit voir des bois et des fleuves, des visages divins [...]
>
> (I, 1).

L'être humain ne voit pas réellement, mais « croit voir », parce qu'il ne peut que saisir des apparences, parce qu'il n'a pas accès à la vérité ; l'univers ne lui apparaît qu'à travers le voile que constitue ce « réseau transparent qui le couvre de la tête aux pieds ». La vérité, la certitude n'existent pas pour lui. « La réalité n'est qu'une ombre » (I, 1), selon Cœlio, qui déplore ainsi que la nature même de l'homme le condamne à ne saisir que l'ombre, que l'apparence trompeuse de la réalité profonde. Épris d'absolu, le jeune homme ne peut se satisfaire de ces palliatifs. En particulier, il exige un amour total où l'esprit et l'âme aient leur part, et non les apparences sensuelles de l'amour que donnent les liaisons passagères.

DES SOLUTIONS DE REMPLACEMENT INSATISFAISANTES

Pour échapper au désespoir, ces frustrés d'absolu essaient d'avoir recours à des solutions de remplacement qui, toutes, se révèlent insatisfaisantes.

La mort

À Cœlio, qui ne peut supporter la ruine de son amour, il ne reste plus que la solution radicale de la mort. Incapable de vivre sans idéal, il préfère quitter ce monde où il ne peut le trouver, et court s'offrir aux coups de ses assassins, en s'écriant :

> O mort ! puisque tu es là, viens donc à mon secours [...].
> O mort ! je t'ouvre les bras ; voici le terme de mes maux.
>
> (II, 5).

Les plaisirs

Octave, pour sa part, essaie d'oublier cette impossibilité d'atteindre à un idéal, en s'étourdissant, en livrant sa vie aux plaisirs. Il est devenu un drogué de vin et d'amour. Il mène une existence frénétique, qu'il veut intense. Mais n'est-ce pas là une autre forme de suicide ? « Tu te tueras, Octave », lui fait remarquer son ami Cœlio (I, 1). Et, à la fin de la pièce, Octave réalise l'inanité de cette vie, donne congé à tous ces stériles divertissements auxquels il se livrait (II, 6).

Le détachement

Le renoncement peut être une solution pour échapper au désespoir. C'est celle que choisit Marianne : elle essaie de faire taire les dangereuses aspirations à l'amour, en portant le masque de la froideur et de l'indifférence. Mais cette voie s'avère également insatisfaisante : la jeune femme s'aperçoit du caractère artificiel de ce choix et finit par déclarer à Octave un amour qui se révèle, lui aussi, impossible (II, 3 et 6).

En fin de compte, la recherche de l'idéal est toujours décevante et les solutions de remplacement échouent : l'homme est condamné à vivre dans la relativité et l'insatisfaction, ou à mourir.

9 On ne badine pas avec l'amour Résumé

ACTE I : LES RETROUVAILLES DE PERDICAN ET DE CAMILLE[1]

Scène 1 : Des paysans décrivent, de façon burlesque, l'arrivée de maître[2] Blazius, monté sur une mule. Précepteur du jeune Perdican, il présente, à son tour, son élève. Ce jeune homme, fils d'un baron, vient de Paris fêter sa majorité chez son père.

Les paysans annoncent ensuite dame[3] Pluche. Juchée sur un âne, elle fait une entrée comique. Gouvernante[4] de Camille, la nièce du baron, elle révèle que la jeune fille est sortie du couvent où elle est élevée, pour recueillir l'héritage que lui a laissé sa mère.

Scène 2 : Le baron présente maître Blazius, puis dame Pluche au curé, maître Bridaine, qu'il informe ensuite de son intention de marier Perdican et Camille.

Les deux jeunes gens font alors leur entrée. Ce sont leurs retrouvailles après une longue séparation. Perdican se montre empressé, mais, à la grande déception du baron, Camille paraît froide et réservée.

Scène 3 : Tandis que les paysans décrivent le spectacle comique de Blazius et de Bridaine rivalisant de goinfrerie et de cuistrerie, le baron déplore l'indifférence mutuelle de Camille et de Perdican. Le comportement des deux jeunes gens ne fait que confirmer ses craintes.

---

1. Les titres des actes ont été ajoutés par l'auteur du Profil.
2. Titre attribué à ceux qui ont acquis une maîtrise, une compétence dans leur profession.
3. Titre respectueux donné à une femme.
4. Personne chargée de l'éducation d'un enfant.

Scène 4 : Au cours d'une conversation avec les paysans, Perdican rappelle, avec émotion, ses souvenirs d'enfance. À la fin de la scène, il retrouve la paysanne Rosette, dont la mère a été la nourrice de Camille, et l'invite à souper au château.

Scène 5 : Le baron est plongé dans le plus grand désarroi : Blazius, lui-même porté sur la boisson, accuse Bridaine de boire, puis révèle que Perdican fait des ricochets dans l'eau et se promène avec une jeune paysanne. Le baron constate que, décidément, la perturbation règne dans le château. Aussi se lamente-t-il avant de sortir de scène :

> Bridaine va de travers, Blazius sent le vin à faire horreur, et mon fils séduit toutes les filles du village en faisant des ricochets.

ACTE II : CAMILLE EFFRAYÉE PAR L'AMOUR

Scène 1 : Perdican déclare à Blazius qu'il est prêt à épouser Camille. Mais la jeune fille lui fait part de sa décision de regagner son couvent. Elle confirme ce projet à dame Pluche, à laquelle elle remet un mot destiné à Perdican.

Scène 2 : Dans un monologue comique, le curé Bridaine exprime son désespoir d'avoir dû céder, au cours du repas, la place d'honneur à Blazius, et décide de retourner chez lui.

Scène 3 : Perdican fait une cour discrète à Rosette qui semble surprise du comportement de ce soupirant inattendu.

Scène 4 : Blazius fait au baron des révélations qui le plongent dans le désarroi. Il a assisté à un spectacle stupéfiant : Camille ordonnait à dame Pluche de remettre un billet à un mystérieux destinataire que la gouvernante qualifiait de courtisan « des gardiennes de dindons ». Le baron, ne comprenant pas qu'il s'agit en fait de Perdican, est perplexe : ainsi sa nièce refuserait son fils, parce qu'elle est amoureuse d'« un gardeur de dindons ».

Scène 5 : Perdican, surpris, relit le billet de Camille lui donnant rendez-vous « à midi à la petite fontaine ». Elle le rejoint bientôt, et une longue conversation s'engage entre les deux personnages. Camille exprime son peu de confiance en la fidélité masculine et son intention de se vouer à Dieu.

À cette conception, Perdican oppose sa propre vision du monde. Il ne croit pas à la vie éternelle et pense que l'amour, même s'il provoque la souffrance, est la seule valeur qui permet à l'homme de se dépasser. Celui qui a aimé pourra dire, avant de mourir : « J'ai souffert souvent, je me suis trompé quelquefois ; mais j'ai aimé. C'est moi qui ai vécu, et non pas un être factice créé par mon orgueil et mon ennui. »

ACTE III : LES CONSÉQUENCES FATALES DE L'ORGUEIL

Scène 1 : Tandis que le baron chasse Blazius qu'il accuse de lui avoir volé des bouteilles de vin et de calomnier sa nièce, Perdican s'interroge sur ses sentiments : aime-t-il Camille ?

Scène 2 : Blazius confie ses malheurs à Bridaine, tout heureux de pouvoir reprendre la place qui lui avait été ravie. Décidé à se venger de dame Pluche qu'il rend responsable de sa disgrâce, il lui subtilise une lettre de Camille. Perdican s'empare, à son tour, de la missive et la lit : s'adressant à une compagne de couvent, Camille s'y vante de faire souffrir Perdican, en refusant de l'épouser. Ulcéré, le jeune homme envoie un mot à Camille pour lui demander une entrevue et va trouver Rosette dont il veut faire l'instrument de sa vengeance.

Scène 3 : Camille se rend au rendez-vous et assiste à la cour empressée de Perdican qui propose à Rosette de l'épouser. En un geste significatif, il lui offre sa chaîne d'or et jette dans la fontaine une bague que lui avait donnée Camille.

Scène 4 : Tandis que les paysans s'inquiètent du sort de Rosette, Camille décide de retarder son départ.

Scène 5 : Bridaine apprend au baron consterné que Perdican a proposé à Rosette de l'épouser.

Scène 6 : Camille met en garde Rosette : Perdican ne l'épousera pas. Pour lui en donner la preuve, elle lui demande de se dissimuler derrière un rideau : la jeune paysanne entend alors Perdican avouer son amour à Camille. Rosette, désespérée, s'évanouit, et Camille, poursuivant son jeu cruel, met le jeune homme à l'épreuve : s'il n'est pas un lâche, qu'il tienne ses promesses et épouse Rosette.

Scène 7 : Camille, qui, en fait, aime Perdican, essaie de convaincre le baron de faire pression sur son fils pour qu'il n'épouse pas Rosette. Mais, malgré les mises en garde de Camille et les supplications de Rosette qui craint d'être trompée, Perdican persiste dans son intention.

Scène 8 : Perdican et Camille finissent par reconnaître qu'ils s'aiment et s'embrassent tendrement. Rosette, qui a assisté à la scène, en meurt de désespoir. Face à ce drame, Camille termine la pièce sur ces mots d'une simplicité tragique : « Elle est morte. Adieu, Perdican ». Ainsi se concrétise la morale de l'action, selon laquelle « On ne badine pas avec l'amour ».

10 Le trio central : Camille Perdican Rosette

L'action de *On ne badine pas avec l'amour* repose, comme celle des *Caprices de Marianne*, sur l'amour contrarié et incompris. De nouveau, Musset a placé au centre de sa pièce un trio de personnages qui se déchirent et jouent dangereusement avec les sentiments. Camille et Perdican s'aiment, mais ne parviennent pas, par peur ou par désillusion, à se dire à eux-mêmes et à dire à l'autre leur passion. Rosette, jeune paysanne spontanée et naïve, éprise de Perdican, sera la victime indirecte de cette incompréhension.

Le schéma de la pièce reprend donc celui des *Caprices de Marianne*, à un détail près : ce n'est plus un jeune homme, Cœlio, amoureux de Marianne, mais une jeune fille, Rosette, amoureuse de Perdican, qui sera sacrifiée dans ce terrible jeu. Une fois de plus, ce sujet, auquel Musset tenait particulièrement, l'amène à mettre en scène, à travers ces trois personnages, trois attitudes face à l'amour.

CAMILLE

En Camille, se marient la glace et le feu. Sous l'indifférence calculée, sous la maîtrise des sentiments, sous la froideur glacée, se dissimule, en fait, une grande sensibilité.

Une froideur apparente

Dès la première entrée de Camille (I, 2), c'est son indifférence qui frappe. À la joie de Perdican de revoir sa cousine avec laquelle il a été élevé, elle répond par un sec « mon cousin, je vous salue ». Lorsque le baron lui demande d'embrasser Perdican, elle se dérobe, avec, pour toute explication, un « Excusez-moi » définitif. Et, à la fin de la scène, délaissant son entourage, elle reste, immobile, en admiration devant le portrait de sa grand-tante vêtue en religieuse.

Ce comportement de Camille ne cesse de se préciser tout au long de la pièce. Elle refuse à Perdican une promenade en bateau et oppose aux rappels émus de leur enfance ce jugement cruel et sans appel : « Je dis que les souvenirs d'enfance ne sont pas de mon goût » (I, 3). Plus loin, elle précise clairement ses choix, lorsqu'elle évoque un tableau qui représente un moine lisant son missel dans une cellule faiblement éclairée par le soleil, et un chevrier[1] dansant devant une auberge italienne (II, 5) : elle marque alors sa préférence pour le moine, symbole de la spiritualité et du refus des plaisirs, au détriment du chevrier, image de l'exaltation du corps. Dans la même scène, elle reconnaît qu'elle pourrait être assimilée à « une froide statue », et accepte son « insensibilité ».

Une telle froideur apparaît, au premier abord, comme momentanée, comme liée à une éducation rigide. Cette jeune fille de « Dix-huit ans » (II, 5), dont Perdican loue la beauté (I, 2), est élevée dans un couvent, comme c'était alors la coutume dans les bonnes familles. Dame Pluche la présente comme un personnage sage au comportement exemplaire : c'est « une glorieuse fleur de sagesse et de dévotion ». Et « Jamais il n'y a rien eu de si pur, de si ange, de si agneau et de si colombe que cette chère nonnain[2] » (I, 1). Cette énumération, ridicule à force d'outrances, transforme la jeune fille en une sorte d'image pieuse.

Une dévotion exaltée

Mais peu à peu, sous ce vernis, cette belle indifférente révèle sa véritable personnalité. Sa foi n'est pas une foi de convention, une foi apprise. Elle a beau s'interroger, douter de son authenticité, reconnaître : « Il se peut bien qu'on m'ait fait la leçon, et que je ne sois qu'un perroquet mal appris » (II, 5), son engagement spirituel est profond. Elle est attirée,

1. Gardeur de chèvres.
2. Mot vieilli signifiant « nonne », « religieuse ».

fascinée par Dieu. La religion est, pour elle, une source d'exaltation.

Ce qui la touche, dès son arrivée dans le château du baron, c'est le portrait de sa grand-tante ; elle s'extasie : « Oh ! oui, une sainte ! c'est ma grand-tante Isabelle. Comme ce costume religieux lui va bien ! » (I, 2). Au couvent, elle a établi des relations spirituelles privilégiées avec une sœur dont elle partage la cellule : elle lui écrit une lettre exaltée où elle lui fait part de son renoncement à l'amour et qu'elle termine en signant « Toute à vous du meilleur de mon âme » (III, 2). Elle s'estime en relation directe avec Dieu : elle s'adresse à lui, pour lui demander de ne pas l'abandonner ; elle lui parle comme à un être humain, se considère comme son épouse, jure de lui rester fidèle (III, 8).

Le caractère même de l'adhésion spirituelle de Camille est significatif. Son engagement est, à l'évidence, teinté d'une certaine sensualité. Ce qui la frappe dans le portrait de sa grand-tante, c'est que l'habit religieux « lui va bien ». Ses rapports avec Dieu ont comme une résonance sensuelle. Pour elle, la religion apparaît comme un substitut de l'amour.

Un être à la fois effrayé et attiré par l'amour et par la vie

Camille n'est pas, en effet, insensible, loin de là, à l'amour. Dans le long dialogue qui l'oppose à Perdican, elle avoue volontiers : « En vérité, je vous ai aimé, Perdican » (II, 5). Mais la passion l'effraie. C'est la fréquentation des femmes du couvent et, en particulier, de sa compagne de cellule, qui a imprégné son esprit d'une conception éminemment négative de l'amour. Elle ne cesse, comme elle le dit à Perdican, de méditer sur les récits des désillusions amoureuses qui lui ont été contés (II, 5). Elle est, en particulier, fort impressionnée par la vie de son amie, belle et noble, qui, après un mariage d'amour, a été trompée par son mari et par dépit a pris un amant, puis a sombré dans le désespoir et s'est retirée définitivement du monde. C'est cette atmosphère, qualifiée par Perdican de malsaine, qui lui a donné une vision pessimiste de la vie, comme elle le note dans une lucidité désespérée :

> Il y a deux cents femmes dans notre couvent ; un petit nombre de ces femmes ne connaîtra jamais la vie, et tout

> le reste attend la mort. Plus d'une parmi elles sont sorties du monastère comme j'en sors aujourd'hui, vierges et pleines d'espérances. Elles sont revenues peu de temps après, vieilles et désolées.
>
> (II, 5).

Camille ne veut pas ressembler à ces femmes. Elle a une conception idéale de l'amour et n'entend ni être trompée, ni tromper. Mais, malgré ces avertissements et ces expériences destructrices, elle est attirée par la vie. Cette jeune fille qui se prétend insensible ne parvient pas à maintenir sur son visage le « masque de plâtre » de l'indifférence dont parle Perdican (II, 5). Elle ne sait pas, en fait, dissimuler ses sentiments. Elle révèle ainsi tour à tour sa colère (II, 4), son désir de se mettre en valeur (III, 2), son dépit (III, 3), sa cruauté (III, 6), sa coquetterie (III, 6). Elle va jusqu'à céder au mensonge, lorsqu'elle prétend qu'elle ne s'est pas rendue au rendez-vous que lui avait donné Perdican (III, 6).

Bref, Camille fait éclater sa faiblesse humaine et un besoin d'amour qu'elle ne peut réfréner. Et toutes les digues si patiemment construites céderont devant le flot de la passion qui emportera tout. Cela aurait pu être une délivrance, mais ce sera un drame qui, après la mort de Rosette, la renverra définitivement à son couvent (III, 8).

PERDICAN

Comme Camille, Perdican est un être double. Ce jeune homme, instruit et cultivé, est animé d'une extrême sensibilité. Elle ne cesse de transparaître sous le détachement et la réserve dont ses études et ses expériences l'ont imprégné.

Un jeune homme plein d'avenir

Perdican a tout pour plaire. Il vient, comme le signale son père, d'avoir « vingt et un ans » (I, 2). Sa beauté, sa distinction et son origine noble – il est fils de baron – lui assurent une vie agréable. Son existence est aisée, comme le montre le train de vie des habitants du château. Cultivé, il a terminé sa scolarité en recevant le titre de « docteur à quatre boules blanches », qui, à l'époque, couronne les études de littérature, de botanique, de droit civil et de droit religieux (I, 2). Blazius confirme ce savoir, en mettant en avant ses connaissances. Le précepteur souligne, en particulier, l'intérêt de son élève pour la botanique (I, 1) que le jeune homme confirme lui-même, en s'extasiant devant un héliotrope[1] (I, 2). Perdican connaît parfaitement le latin (I, 2). Il est rompu à l'art de la rhétorique et s'exprime de façon brillante : il a, comme le dit comiquement Blazius, « la bouche toute pleine de façons de parler si belles et si fleuries, qu'on ne sait que lui répondre les trois quarts du temps » (I, 1). Ce jeune homme mérite donc les qualificatifs hyperboliques que lui applique son précepteur, qui le présente comme « un livre d'or », « un diamant fin des pieds à la tête » (I, 1).

Ces qualités exceptionnelles pourraient rendre Perdican, à juste titre, prétentieux. Or, il n'en est rien, ce qui ajoute encore à sa séduction. Il ne fait pas étalage de ses connaissances. Bien au contraire, lorsque Bridaine lui demande de décrire scientifiquement l'héliotrope, il préfère répondre modestement :

> Je n'en sais pas si long, mon révérend. Je trouve qu'elle sent bon, voilà tout
>
> (I, 2).

De même, aux paysans qui admirent ses qualités de savant, il rétorque :

> Les sciences sont une belle chose, mes enfants ; ces arbres et ces prairies enseignent à haute voix la plus belle de toutes, l'oubli de ce qu'on sait.
>
> (I, 4).

Une sensibilité à fleur de peau

La science n'a donc pas coupé Perdican de la vie et de sa saveur. Elle n'est pas, comme la religion pour Camille, un moyen de fuir les réalités de l'existence. Perdican est un jeune homme dont la sensibilité à fleur de peau se manifeste d'abord dans son attirance pour la nature. Il en ressent les charmes spontanément, ne cherche pas, on l'a vu, à l'inter-

1. Nom savant du tournesol.

préter à travers ses connaissances. Tout en admiration devant elle, il s'extasie, lorsqu'il revoit le cadre de son enfance :

> Voilà donc ma chère vallée ! mes noyers, mes sentiers verts, ma petite fontaine ! »
>
> (I, 4).

Ému par ses souvenirs, il essaie de les faire revivre, avec quelque nostalgie. Alors que Camille considère que le retour sur le passé est stérile, inutile, et s'y refuse, Perdican en garde les traces profondément gravées dans son cœur. Il en savoure la douceur un peu mièvre et reproche à la jeune fille son insensibilité (I, 3).

Pour Perdican, ces souvenirs ne sont pas abstraits. Ils sont étroitement liés aux êtres. Dès son retour au château, sa première pensée est de retrouver ceux qui ont accompagné son enfance. Lorsqu'il rejoint les paysans sur la place du village, son émotion est évidente : il leur rappelle les bons moments passés ensemble, les remercie de la façon dont ils se sont occupés de lui, quand il était enfant (I, 4). De même, ses sentiments se révèlent à la vue de Rosette, son ancienne compagne de jeu. Malgré la différence de condition sociale qui le sépare de la jeune paysanne, il se montre plein d'attention à son égard, fait preuve de sensibilité, de courtoisie : la fraîcheur et la naïveté de la jeune fille le séduisent (I, 4 ; II, 3).

Mais c'est surtout dans sa conception de l'amour que Perdican montre toute sa sensibilité. Il considère que la passion amoureuse est ce qui permet à l'homme de se réaliser pleinement. Contrairement à Camille, il n'essaie pas de réduire l'amour au silence. Il l'assume, avec son cortège de désillusions et de souffrances. Le lot de l'homme est d'aimer. S'y refuser, c'est vivre une vie artificielle, inutile, sans intérêt. Cette idée-force, selon laquelle l'homme se définit par l'amour, se retrouve fréquemment dans l'œuvre de Musset. Perdican s'en fait le porte-parole convaincant dans ce passage célèbre qui achève l'acte II :

> On est souvent trompé en amour, souvent blessé et souvent malheureux ; mais on aime, et quand on est sur le bord de sa tombe, on se retourne pour regarder en arrière, et on se dit : J'ai souffert souvent, je me suis trompé quelquefois ; mais j'ai aimé. C'est moi qui ai vécu, et non pas un être factice créé par mon orgueil et mon ennui.
>
> (II, 5).

Le masque de l'indifférence

Si la sensibilité de Perdican apparaît souvent au grand jour, le jeune homme, un peu comme Camille, s'efforce parfois de la dissimuler sous le masque de l'indifférence. C'est sa pudeur qui se manifeste ainsi, mais également sa peur de se laisser emporter trop loin par ses sentiments. Au froid accueil que lui réserve Camille, il essaie de répondre par un comportement identique, presque parallèle : tandis qu'elle fixe son attention sur le portrait de sa grand-tante, il feint de s'intéresser à un héliotrope (I, 2). Lorsque la jeune fille refuse son amour, il ne tombe pas dans des protestations enflammées, n'éclate pas en cris de souffrance (II, 1). Lorsqu'il lit la lettre que Camille adresse à sa compagne de couvent, il nie fermement qu'il puisse être au désespoir, que le refus de la jeune fille lui ait mis « le poignard dans le cœur » (III, 2). Il tente ensuite de dissimuler le dépit amoureux qu'il éprouve, en disant son amour à Rosette et en lui promettant le mariage (III, 3).

Sa conception de la vie confirme cette attitude. Il refuse de se laisser enfermer dans les illusions et affirme avec force son athéisme : il ne croit pas « à la vie immortelle » (II, 5), pense que l'homme doit se réaliser sur terre. Comme Camille, il a peur de s'attacher. Mais alors que la jeune fille refuse de s'engager, il préfère à la passion exclusive la pluralité des engagements passagers. Il reconnaît qu'il a eu plusieurs maîtresses et doute de la possibilité d'une fidélité sans failles (II, 5).

Mais cette indifférence n'est qu'apparente. Quelques instants seulement après avoir prétendu qu'il n'était pas désespéré par le comportement de Camille, il s'écrie : « Ah ! je suis au désespoir ! » (III, 2). Il est en fait profondément blessé. Et c'est cette blessure qui l'amène, par une sorte de compensation et de vengeance, à promettre le mariage à Rosette, sans s'apercevoir des conséquences cruelles de son acte.

ROSETTE

Rosette, bien qu'occupant une place relativement peu importante dans le schéma dramaturgique, constitue la figure la plus touchante de la pièce. Comme les deux personnages principaux, elle est construite autour d'une opposition : elle se montre en effet, tour à tour, lucide et naïve.

Une jeune paysanne lucide

Rosette est une paysanne. Fille de la nourrice de Camille, elle a été sa compagne d'enfance ainsi que celle de Perdican. Elle est « jeune et belle », Perdican lui en fait le compliment (III, 3). Il est séduit par sa spontanéité, par sa fraîcheur.

À ses attraits physiques et moraux, Rosette ajoute une qualité intellectuelle, la lucidité. Elle a conscience de la différence sociale qui la sépare de Perdican. Elle semble se méfier de l'amour et des intentions du jeune homme. Lorsqu'il l'embrasse et l'appelle sa sœur, elle lui fait remarquer avec finesse : « Des mots sont des mots et des baisers sont des baisers » (II, 3). Plus loin, elle accueille avec une certaine réserve la cour empressée de Perdican (III, 3). Enfin, juste avant le dénouement fatal, elle supplie le jeune homme de renoncer à ses projets ; elle comprend le jeu cruel qu'il joue, elle se rend compte qu'elle risque de devenir la risée des paysans et que Perdican compromet sa réputation (III, 7).

Un être naïf et passionné

Mais cette lucidité n'empêche pas la naïveté du personnage de transparaître. Rosette s'exprime sans détour, sans artifice. Lorsque Perdican lui propose de l'épouser, elle lui promet de façon significative : « Hélas ! monsieur le docteur, je vous aimerai comme je pourrai » (III, 3). Si cette jeune paysanne a conscience de l'obstacle que constitue son origine sociale, elle ne peut s'empêcher de croire à la pureté et à la force des sentiments. Son amour pour Perdican remonte certainement à leur commune enfance. Elle le révèle, lorsqu'elle répond au jeune homme qui l'interroge sur ses projets de mariage : « Ne parlons pas de cela, voulez-vous ? » (II, 3). C'est l'intensité de son engagement qui provoquera sa perte. Après s'être évanouie à l'écoute de la conversation entre Camille et Perdican (III, 6), elle mourra de douleur lorsqu'elle constatera la profondeur de l'amour qui unit ses deux amis d'enfance (III, 8).

11 Le pittoresque des personnages secondaires

Plusieurs personnages secondaires viennent s'ajouter au trio central de la pièce. Pittoresques, hauts en couleur, ils ont pour fonction de servir de contrepoints aux jeunes amoureux.

Ils ne constituent pas un ensemble homogène. D'un côté, quatre d'entre eux, le baron, maître Blazius, maître Bridaine et dame Pluche, dotés d'une individualité, sont destinés à susciter le rire. D'un autre côté, les paysans forment un groupe indéterminé dont la nature est beaucoup plus complexe : s'ils provoquent eux aussi le rire, c'est en se moquant des autres ; ils font également naître l'émotion et apparaissent comme des meneurs de jeu, des animateurs de a pièce.

QUATRE PERSONNAGES COMIQUES

Quatre personnages animent la pièce de leur présence comique : le père de Perdican ; les deux pédants, Blazius et Bridaine ; la gouvernante de Camille, affublée du nom ridicule de Pluche.

Le baron, un père sans autorité

Le baron joue le rôle traditionnel du père de comédie. Mais, contrairement à l'usage théâtral, il ne représente pas un obstacle au bonheur de son fils. Son autorité sur lui est pratiquement inexistante. Ses souhaits ardents de le voir épouser Camille restent lettre morte. Il a beau estimer que ce projet est en bonne voie et penser déjà à l'organisation de la cérémonie de mariage (I, 2), il n'est pas capable d'imposer sa volonté. Devant les réticences de Camille, il ne peut qu'exprimer son désarroi et ses regrets (I, 2 et 3).

Cette impuissance le rend comique. Son ridicule se trouve encore accentué par la routine qui marque sa vie. Ce noble de province, enfermé dans ses habitudes, soucieux des conventions, se trouve totalement désemparé lorsque des événements inattendus viennent bouleverser ses certitudes. Ainsi, lorsque Blazius, plus ou moins aviné, lui décrit le comportement étrange de Bridaine et de Perdican, le baron s'écrie, en se livrant à un amalgame comique :

> Tout est perdu ! – Perdu sans ressource ! – Je suis perdu : Bridaine va de travers, Blazius sent le vin à faire horreur, et mon fils séduit toutes les filles du village en faisant des ricochets !
>
> (I, 5).

Cette nature velléitaire du personnage fait, par ailleurs, un plaisant contraste avec les fonctions qu'il exerce et la suffisance qu'il affiche. Il se glorifie d'être « receveur[1] » du roi, met en avant ses devoirs de baron, vante le prestige de sa famille (I, 2) ; mais il n'est même pas capable d'imposer sa volonté à son entourage.

Blazius et Bridaine, deux pédants amateurs de bonne chère

Blazius et Bridaine apparaissent comme deux personnages interchangeables. S'ils exercent des fonctions différentes – Blazius est le gouverneur, c'est-à-dire le précepteur de Perdican, et Bridaine le curé du village –, ils ont de nombreuses caractéristiques en commun. Ils sont l'un et l'autre ecclésiastiques et le titre de maître qui leur est attribué à tous deux les crédite, à tort, d'une maîtrise et d'une compétence dans l'exercice de leur profession. Ils sont censés être savants et n'hésitent pas à se livrer à un étalage indiscret de leurs connaissances : maître Blazius se fait gloire de la réussite de Perdican dont il est le « gouverneur depuis l'âge de

---

1. Le receveur est chargé de percevoir et de gérer l'argent public.

quatre ans » (I, 1), tandis que Bridaine prononce une citation latine et entreprend un cours de botanique (I, 2).

Comme l'indique plus particulièrement la terminaison latine du nom de l'un d'entre eux, Blazius, ils sont les dignes héritiers des pédants de la comédie de Molière. Comme eux, ils joignent à une prétention sans bornes et à un pédantisme exacerbé une sottise sans limites, ainsi que le montre le portrait peu charitable que les paysans font d'eux (I, 3).

À ces ridicules s'ajoute une autre tare. Ces deux ecclésiastiques, qui devraient donner l'exemple de l'austérité, sont très attirés par les choses terrestres. Ils recherchent les honneurs : Bridaine se désespère d'avoir dû céder à Blazius sa place à table à côté du baron (II, 2). Bien plus, ils se révèlent comme des parasites, des pique-assiettes. Attirés par la bonne chère, ils ne pensent qu'à se gaver de nourriture. Bridaine porte, d'ailleurs, un nom évoquant le mot « bedaine », ce qui souligne sa coupable faiblesse. Dans un portrait caricatural, les paysans les décrivent ainsi : « Tous deux ont pour ventre un tonneau ; non seulement ils sont gloutons, mais ils sont gourmets[1]. » Ils les représentent ensuite avec leurs « joues enflammées », leurs « yeux à fleur de tête » et leurs « triples mentons » (I, 3). L'expression parallèle de leur désespoir d'être privés du prochain festin révèle, dans toute leur ampleur, ces mœurs de parasites (III, 2) : Bridaine préfère ne pas y participer plutôt que d'être frustré de la meilleure place, tandis que Blazius ne peut y assister, parce qu'il a été chassé par le baron, pour avoir volé une bouteille de vin. L'effet comique de ce comportement est encore renforcé par son développement symétrique chez les deux pédants.

Ces personnages sont non seulement ridicules, mais encore odieux. Dans cette rivalité qui les oppose, ils n'hésitent pas à utiliser la dénonciation. Ils se calomnient mutuellement : dès la scène 2 de l'acte I, Bridaine accuse Blazius auprès du baron de « sent(ir) le vin à faire peur ». Parallèlement, à la scène 5 de l'acte I, Blazius confie au baron que « le curé de la paroisse est un ivrogne ». Ils ne se contentent pas de s'espionner. Ils espionnent aussi les autres : tandis que Blazius révèle au baron que son fils se promène avec

1. Être gourmet est, pour un dévot, plus grave qu'être glouton, parce qu'à la gourmandise s'ajoute alors le raffinement.

une jeune paysanne (I, 5), symétriquement Bridaine lui apprend que Perdican a offert sa chaîne d'or à Rosette (III, 5).

Dame Pluche, la gouvernante dévote et revêche

Avec dame Pluche, Musset a poussé jusqu'à la caricature la figure de la vieille fille dévote. Le nom même dont il l'affuble évoque parfaitement le personnage. Le titre de « dame » qui lui est donné renvoie à son souci de respectabilité, tandis que « Pluche » assimile comiquement cet être d'une maigreur extrême à ces particules insignifiantes de matière que constituent les peluches. L'apparence de la gouvernante contraste, par ailleurs, plaisamment avec celle des pédants gros et gras.

Tout au long de la pièce, son caractère revêche et sa dévotion vont s'affirmer. Dès le début, les paysans brossent d'elle ce portrait évocateur :

> Ses longues jambes maigres trépignent de colère, tandis que, de ses mains osseuses, elle égratigne son chapelet. (I, 1).

À peine descendue de son âne, elle confirme cette évocation peu flatteuse en injuriant les villageois. Parallèlement, elle glorifie le comportement édifiant de Camille et montre ainsi sa dévotion.

Par la suite, ce contraste comique entre ses prétentions spirituelles et sa difficulté à maîtriser ses emportements, à contrôler sa mauvaise humeur, ne cesse de se manifester. Elle fait preuve d'un scrupule moral ridicule par son excès. C'est ainsi qu'elle explique au baron pourquoi Camille a refusé la proposition de promenade en bateau de Perdican : « Seigneur, une jeune fille qui se respecte ne se hasarde pas sur les pièces d'eau » (I, 3) ; ou bien encore, elle s'indigne de ce que Camille puisse songer au mariage, ce qui revient, pour elle, à trahir Dieu (II, 1). Mais, simultanément, elle révèle un caractère acariâtre : ainsi que le rapportent les paysans, au cours du repas elle repousse furieusement « de ses coudes affilés » Bridaine et Blazius qui prennent trop de place et la gênent (I, 3) ; puis, selon Blazius, elle fait éclater son indignation et sa fureur contre Camille à laquelle elle reproche de donner un rendez-vous à Perdican (II, 4). Cette dévote a décidément des réactions peu charitables et peu chrétiennes.

LA DOUBLE FONCTION DU CHŒUR DES PAYSANS

Les paysans viennent compléter la liste des personnages. Ils constituent un chœur. Musset reprend ainsi la tradition du théâtre antique, dans lequel un groupe révélait la signification profonde des événements. Dans cette perspective, le chœur des paysans est investi d'une double fonction. D'une part, il est chargé de susciter chez le spectateur des réactions qui sont parfois porteuses de rire, parfois chargées d'émotion. D'autre part, il a pour rôle de commenter l'action.

Les réactions suscitées par le chœur

Le chœur s'inscrit d'abord dans une optique résolument comique. Ce ne sont pas les paysans qui sont ridicules. C'est aux dépens de trois des personnages pittoresques qu'ils font rire. Les portraits qu'ils brossent de Blazius, de dame Pluche et de Bridaine (I, 1 et 3) contribuent à préciser ces figures pittoresques, à en faire, on l'a vu, des caricatures hautes en couleur. Le dialogue qu'ils nouent avec deux d'entre eux, maître Blazius et dame Pluche (I, 1 ; III, 4), renforce encore le ridicule de ces personnages.

Le chœur est également porteur d'émotion. Cette fonction apparaît à la scène 4 de l'acte I. Le dialogue de Perdican avec les paysans ravive les souvenirs d'enfance du jeune homme. Ils sont, comme les symboles de la pureté enfuie, comme la concrétisation de la fuite inéluctable du temps.

Des commentateurs de l'action

Les paysans jouent un autre rôle, celui de commentateurs de l'action, de meneurs de jeu. C'est cette fonction qu'ils exercent lorsqu'ils présentent les personnages de Blazius et de Pluche (I, 1) ou lorsqu'ils approuvent l'importance accordée par Perdican aux souvenirs d'enfance (I, 4). Musset reprend ainsi la tradition antique. Mais, contrairement à cette tradition, il ne fait intervenir ce groupe de paysans que de façon limitée et n'introduit ni la danse, ni le chant, qui étaient utilisés par le chœur antique.

12 Le traitement de l'action, du temps et du lieu

On ne badine pas avec l'amour est présenté comme un proverbe. Musset se réclame ainsi d'un genre théâtral qui connaît un grand succès aux XVIIIe et XIXe siècles. Le proverbe doit être bref et illustrer une vérité clairement exposée dans le titre même de la pièce. Dans ces conditions, l'écriture dramaturgique doit, avant tout, rechercher la rigueur et l'efficacité.

Dans *On ne badine pas avec l'amour,* l'auteur n'applique qu'en partie ces principes. Certes, le déroulement et le dénouement de l'intrigue démontrent clairement l'affirmation contenue dans le titre selon laquelle on ne doit pas plaisanter avec l'amour. Mais la pièce est relativement longue, puisqu'elle comporte trois actes et dix-huit scènes. De plus, elle introduit des personnages comiques qui ne participent pas réellement à l'action principale. Cependant, l'efficacité théâtrale est indéniable, s'imposant, en particulier, dans le traitement de l'action, du temps et du lieu.

UNE ACTION CONCENTRÉE

Le déroulement de *On ne badine pas avec l'amour* est clair. L'action évolue de façon linéaire et progressive impulsée par les trois personnages centraux de jeunes amoureux.

L'intrigue amoureuse est d'une grande limpidité. Les données en sont simples. Musset n'a pas besoin d'une longue exposition pour faire connaître la situation de départ au spectateur. Tout naturellement, elle se précise au fil de l'action. À la scène 1 de l'acte I, maître Blazius présente le fils du baron, Perdican, un jeune homme plein d'avenir de retour dans le château paternel après de brillantes études à Paris. Parallèlement, dame Pluche brosse le portrait de la cousine de Perdican, Camille, jeune fille pieuse sortie de son couvent. À la scène 2, le baron apprend au curé Bridaine qu'il voudrait marier Perdican et Camille, révélation importante pour le déroulement de l'action. Les scènes 2, 3 et 4 dégagent l'incompatibilité d'humeur et de sentiments qui sépare les deux jeunes gens. La scène 4 fournit une dernière donnée, en montrant la tendre sollicitude de Perdican pour Rosette.

Tout est désormais en place pour que le drame se noue. Trois séries de faits, directement représentés sur scène ou évoqués, y contribuent. Les tentatives successives d'explication entre Perdican et Camille (II, 1, 4 et 5 ; III, 6, 7 et 8) soulignent la gravité du malentendu qui les sépare. Les manifestations de la tendre attention de Perdican envers Rosette (I, 5 ; II, 3 ; III, 2, 3, 4 et 5) apparaissent comme les conséquences de ce malentendu et mettent la jeune paysanne dans une position cruelle. Enfin, le ressentiment de Camille et de Perdican qui résulte de leur désaccord amoureux (III, 1, 2, 3, 4, 6 et 7) aggrave encore la situation. C'est le dénouement tragique qui démêlera cet écheveau. Rosette mourra de douleur, tandis que Perdican et Camille devront renoncer à leur amour, au moment même où ils en prenaient conscience (III, 8).

UNE DURÉE LIMITÉE

Sans atteindre la concentration des vingt-quatre heures du théâtre classique du XVIIe siècle, la durée de *On ne badine pas avec l'amour* est relativement limitée. Trois jours seulement en effet s'écoulent au cours de l'action rythmée par la succession des repas et des nuits.

Un déroulement de trois journées

Musset s'est appliqué à préciser le déroulement temporel de sa pièce. L'action se répartit sur trois journées qui correspondent aux trois actes. Chaque acte s'organise autour du repas de midi. À l'acte I, le baron invite dame Pluche à être « prête à l'heure du dîner[1] » (scène 2) ; puis le chœur décrit le comportement de Bridaine, de Blazius et de Pluche au cours du repas (scène 3). À l'acte II, maître Bridaine se désespère de ne pouvoir assister au festin qui se prépare, tandis qu'une indication scénique signale : « On met le couvert » (scène 2). Enfin, à l'acte III, maître Bridaine précise à Blazius : « Moi ! je vais dîner » (scène 2).

Une pièce rythmée par les repas et les nuits

Cette omniprésence des repas a deux fonctions : d'une part, dans une perspective comique, elle met en évidence l'attirance obsessionnelle de Bridaine et de Blazius pour la bonne chère ; d'autre part, elle introduit dans la pièce une atmosphère de fête, une ambiance heureuse due au retour de Perdican et de Camille au château.

Il n'est guère possible de déterminer le temps exact qui s'écoule entre les scènes de chaque acte. Mais c'est avant ou après le déjeuner, jamais directement représenté, que se situent les épisodes comiques concernant les personnages pittoresques et les développements sérieux qui intéressent le trio central.

L'attirance des personnages pittoresques pour ces repas qui rythment leurs journées contraste avec les préoccupations de Camille, de Perdican et de Rosette. Ce qui importe, par contre, pour le développement de l'intrigue amoureuse, ce sont les interruptions qui séparent les actes et qui permettent la réflexion et les évolutions. Entre chaque acte, s'écoule en effet une nuit, Musset a bien pris soin de le signaler dans le texte même des dialogues. À la scène 1 de l'acte II, Perdican accueille Camille, en notant : « Déjà levée, cousine ? », tandis qu'à la scène 1 de l'acte III le jeune homme, en se rappelant son entrevue avec Camille, s'interroge : « Mais pourquoi cette conversation d'hier ne veut-elle pas me sortir de la tête ? »

---

1. Le dîner désigne alors le repas de midi.

Cette succession de trois journées donne son rythme à la pièce. Elle lui confère l'inéluctabilité de la fatalité. Perdican n'a que trois jours pour convaincre celle qu'il aime. Dès le début de l'acte II, il est averti de ce délai par Camille elle-même qui précise : « Je retourne demain au couvent » (II, 1). Il a bien conscience de cette contrainte du temps, puisque, à la scène 1 de l'acte III, il rappelle : « De plus, elle doit partir aujourd'hui. »

UN LIEU UNIFIÉ

Le château du baron assure l'unité du décor. C'est autour de cette demeure de province, dont ni la situation géographique ni l'époque ne sont précisées, que se regroupe l'ensemble des lieux de l'action signalés par les rares indications scéniques (les didascalies) de la pièce.

• Six décors d'intérieur

Huit des dix-huit scènes prennent place dans six décors d'intérieur qui ont pour cadre le château. Quatre de ces décors sont des lieux de réception, où se développe la vie sociale : « Le salon du baron » (I, 2 ; III, 5 et 7) ; « La salle à manger » (II, 2) ; « Une salle » (I, 5) ; et, de façon plus vague, « Au château » (II, 4).

Un décor plus intime concerne la scène 6 de l'acte III, qui se situe dans « La chambre de Camille ». C'est là que se noue le drame, que se déroule la mise en scène cruelle qui va révéler à Rosette la situation : grâce au procédé traditionnel de la cachette, elle écoute la conversation amoureuse entre Perdican et Camille. Cette dernière, en soulevant un rideau, crée un effet dramatique saisissant signalé par la didascalie : « Elle lève la tapisserie ; Rosette paraît dans le fond, évanouie sur une chaise. »

Le dernier décor d'intérieur apparaît complémentaire du précédent. C'est une petite chapelle, « Un oratoire », qui constitue le décor de la scène 8 de l'acte III. Dans ce lieu sacré, que la présence d'un autel rend encore plus solennel, Camille et Perdican découvrent la profondeur de leur amour. Mais un événement, qui donne lieu à un jeu de scène parallèle à celui de la scène 6 de l'acte III, remet immédiatement en cause cette prise de conscience. Une didascalie, construite sur une saisissante opposition, souligne l'impossibilité irrémédiable de leurs projets amoureux : « Il l'embrasse ; on entend un grand cri derrière l'autel. » La mort théâtrale de Rosette condamne sans appel leur amour.

• Cinq décors d'extérieur

Cinq décors d'extérieur, situés près du château, complètent le dispositif scénique. Ils concernent dix scènes. Le plus important est constitué par « Une place devant le château », où se déroulent cinq scènes (I, 1, 3 et 4 ; III, 1 et 4). Dans ce lieu public, propice aux rencontres, s'exprime le chœur des paysans, porte-parole des habitants du village. Un autre lieu extérieur, quoique moins utilisé, joue un rôle essentiel : deux scènes (II, 5 ; III, 3) prennent place près d'« Une fontaine dans un bois ». Dans ce lieu, romantique à souhait, se situent les deux rendez-vous de Perdican, le premier avec Camille et le second avec Rosette, qui seront déterminants pour l'évolution de l'action.

Les trois autres lieux extérieurs ont un rôle beaucoup moins important. « Un jardin » sert de cadre à la scène 1 de l'acte II où se succèdent de courts dialogues entre Blazius et Perdican, Perdican et Camille, Camille et Pluche. « Un champ devant une petite maison », lieu rustique de la scène 3 de l'acte II, constitue un cadre adapté pour la conversation entre Perdican et la paysanne Rosette. Enfin, « Un chemin », à la scène 2 de l'acte III, symbolise, tour à tour, la disgrâce de Bridaine et de Blazius et la distance morale qui sépare Perdican de Camille.

Les indications scéniques qui fournissent des renseignements sur le décor sont d'une grande sobriété. Musset n'a pas recherché la couleur locale. C'est ce qui explique également la rareté des accessoires. Seuls, quelques objets viennent apporter un certain pittoresque, tout en étant des révélateurs symboliques des situations : les lettres (II, 1, 4 et 5 ; III, 2, 3 et 6) révèlent la difficulté de communication entre Camille et Perdican ; le crucifix que Camille montre à Perdican (II, 5) souligne la piété de la jeune fille ; la chaîne que Perdican donne à Rosette et la bague de Camille qu'il jette à l'eau (III, 3) sont des symboles de l'attachement sentimental.

Les lieux hors scène

Ce qu'on appelle le hors-scène, c'est-à-dire les lieux non représentés directement sur le théâtre, joue un rôle important dans *On ne badine pas avec l'amour.* Musset a rendu sa pièce vivante, en multipliant les entrées et les sorties des personnages. Contrairement à l'usage du théâtre classique, ces mouvements peuvent se produire à l'intérieur même des scènes : leur découpage est en effet déterminé par le changement de lieu et non par le changement de personnages.

Lorsque les personnages entrent ou sortent, ils viennent d'un endroit non représenté sur scène ou s'y rendent. Ces endroits, même s'ils ne sont pas évoqués de façon précise, sont indirectement présents dans l'esprit des spectateurs. De façon plus intéressante, certains lieux, bien que ne figurant pas sur scène, peuvent jouer un rôle important dans l'action de la pièce. *On ne badine pas avec l'amour* évoque ainsi trois lieux lourds de signification qui concernent les trois personnages principaux : le couvent, Paris et la maison de Rosette.

Le couvent, dont dame Pluche parle dès la scène 1 de l'acte I, est constamment présent en filigrane. Il y est fait allusion à plusieurs reprises et la vie qui s'y déroule est longuement décrite par Camille et par Perdican (II, 5). Symbole de la conviction religieuse de Camille, il est comme la matérialisation de l'obstacle à l'amour des deux jeunes gens.

Le deuxième lieu, Paris, évoqué par maître Blazius dans la première scène, concerne Perdican. S'il n'en est que peu question dans le reste de la pièce, la scène 5 de l'acte II lui consacre un développement plus important. Paris est alors présenté comme un lieu de plaisirs et caractérise l'existence agitée et mondaine de Perdican qui s'oppose à la vie pieuse et contemplative de Camille.

Le dernier lieu est lié à Rosette. À la scène 5 de l'acte I, Perdican fait allusion à la simple demeure de la jeune fille : cette maison souligne ainsi l'humble origine de la paysanne qui, contrastant avec celle de Perdican et de Camille, rend son amour impossible.

13 Du comique au tragique

La variété des tonalités qui marque *On ne badine pas avec l'amour* contribue à la vivacité théâtrale de la pièce. Suivant en cela les principes romantiques, Musset ne se laisse pas enfermer dans l'unité de ton chère aux auteurs du théâtre classique du XVIIe siècle. La comédie et le drame se marient, comme ils le font dans la vie. L'action théâtrale passe, souvent brusquement, des rires aux larmes.

LES EFFETS COMIQUES

On ne badine pas avec l'amour exploite de nombreux effets comiques nés tantôt du langage, tantôt des situations et des comportements des personnages.

Le comique de mots

Le comique de mots, qui suscite le rire à partir du langage, abonde dans la pièce. Il est souvent lié au vocabulaire. Il peut alors naître d'un mélange de précision et d'outrance qui transforme les êtres décrits en caricatures grotesques : ainsi, le chœur s'amuse à faire de Blazius un portrait qui le montre « Doucement bercé sur sa mule fringante [...] se ballott[ant] sur son ventre rebondi, et les yeux à demi fermés [...] marmott[ant] un *Pater noster* dans son triple menton » (I, 1).

Si l'exagération est comique, son contraire, l'euphémisme, qui consiste à adoucir, à atténuer l'expression, peut également provoquer le rire. Lorsqu'une réalité est difficile à dire, les personnages s'efforcent de la dissimuler, grâce à l'utilisation de termes qui en rendent compte indirectement, et montrent ainsi combien ils sont dépendants des conventions sociales. Cette façon de s'exprimer est particulièrement risible quand elle fait brusquement place à la réalité des sentiments, lorsque, par exemple, le baron, après avoir essayé de contenir son impatience face au comportement de Pluche, finit par exploser :

> En vérité, vous me feriez dire... Il y a certaines expressions que je ne veux pas..., qui me répugnent... Vous me donnez envie... En vérité, si je ne me retenais... Vous êtes une pécore, Pluche !
>
> (I, 3).

L'expression est encore source de comique, lorsqu'elle repose sur des conventions, lorsqu'elle correspond à des stéréotypes : Blazius et Bridaine utilisent un langage savant et pédant auquel ils s'estiment obligés d'avoir recours étant donné leurs fonctions.

La comparaison est fréquemment sollicitée dans la pièce pour susciter le rire. L'effet comique vient alors du caractère surprenant du rapprochement : lorsque le chœur assimile Blazius sur sa mule à « un poupon sur l'oreiller » (I, 1), l'image, inattendue, provoque le rire.

La juxtaposition irrationnelle de faits pourtant fort différents constitue un procédé comique voisin. C'est l'absurde qui émerge alors, quand, par exemple, le baron déplore, en vrac, l'ivresse de Bridaine et de Blazius, le comportement de Perdican et le jeu de ricochets auquel il se livre, comme si tous ces éléments étaient étroitement liés :

> Je suis perdu : Bridaine va de travers, Blazius sent le vin à faire horreur, et mon fils séduit toutes les filles du village en faisant des ricochets.
>
> (I, 5).

Les répétitions ou les reprises provoquent également le rire, en appliquant des modes d'expression identiques à des situations fort différentes. Ainsi, les présentations successives de Blazius et de Pluche par le chœur, puis de Perdican et de Camille par Blazius et Pluche, jouent sur un contraste : au caractère négatif du premier groupe de portraits s'oppose l'exagération élogieuse du second groupe (I, 1).

Le comique des situations et des comportements

Déjà, le langage était un révélateur comique des situations et des comportements. Plus largement, les quatre personnages pittoresques prêtent à rire à cause des contradictions qui les divisent. Ils sont animés par deux impulsions contradictoires qui l'emportent tour à tour. Blazius et Bridaine sont partagés entre leurs prétentions spirituelles et leur gloutonnerie, Pluche entre son souci de respectabilité et son caractère colérique, le baron entre son goût pour le pouvoir et son manque d'autorité. D'un comique comparable, quoique plus discret, se révèle la contradiction entre l'hostilité de principe de Camille à l'amour et le dépit qu'elle éprouve en voyant Perdican faire la cour à Rosette (III, 3).

LA TENSION DRAMATIQUE : LYRISME ET TRAGIQUE

La tension dramatique dont est porteur le trio des jeunes amoureux trouve un langage privilégié dans le lyrisme, expression poétique des sentiments personnels. Elle débouche sur le tragique qui, contrastant avec le comique suscité par les personnages pittoresques, aura le dernier mot.

L'expression lyrique

Le lyrisme marque profondément l'expression de Camille, de Perdican et de Rosette : ces trois perosnnages font part, avec une grande sensibilité, de leurs sentiments et de leur vision du monde à travers lesquels Musset révèle sa propre personnalité.

Le vocabulaire est déjà porteur de lyrisme. Les mots possèdent une grande puissance d'évocation, manifestent l'intensité des sentiments. Lorsque, par exemple, Camille, pour expliquer à Perdican les raisons de son refus de la passion, fait le portrait de sa compagne de couvent (II, 5), elle multiplie les termes qui décrivent les joies de l'amour (« ivresse », « heureuse », « mon cœur bondissait », etc.), pour mieux leur opposer ceux qui mettent en évidence les souffrances ensuite éprouvées (« désespoir », « querelles », « j'ai pleuré », etc.).

Par ailleurs, nombreux sont les procédés d'expression qui permettent de mettre en évidence ce lyrisme exacerbé. Ce sont, comme on l'a vu dans l'exemple précédent, les oppositions. Ce peut être l'exagération, l'hyperbole. À la scène 5 de l'acte II, Perdican fait ainsi usage de formules hyperboliques pour dire l'horreur qu'il éprouve devant le comportement et la vie des religieuses (« et la plupart ont au fond du cœur des blessures profondes », « leurs processions lugubres », « leur vieillesse flétrie », etc.).

Le lyrisme est surtout présent dans les images, destinées à rapprocher des réalités de façon suggestive. Les comparaisons abondent : à la scène 5 de l'acte II, Camille assimile son amie à « un arbrisseau d'une sève choisie », tandis que Perdican voit le monde comme « un égout sans fond où les phoques les plus informes rampent et se tordent sur des montagnes de fange ». Les métaphores, ces rapprochements que rend encore plus saisissants la suppression du terme de comparaison, sont également en grand nombre dans la bouche des jeunes amoureux et témoignent de leurs aspirations les plus profondes. Rosette, lorsqu'elle parle des larmes de Perdican, note délicatement : « voilà une goutte de pluie qui me tombe sur la main, et cependant le ciel est pur » (II, 3). Camille, lorsqu'elle évoque Dieu, le désigne mystiquement comme son « époux céleste » (II, 5). Perdican, lorsqu'il propose à Rosette de l'épouser, utilise cette métaphore cosmique : « nous prendrons racine ensemble dans la sève du monde tout-puissant » (III, 3).

Une évolution et une fin tragiques

Le lyrisme, en montrant la force des passions, l'intensité des contradictions et la difficulté de la communication, sécrète le tragique. Enfermés en eux-mêmes, Camille, Perdican et Rosette témoignent de la force d'une fatalité intérieure propre à la tragédie qui conduit inexorablement les êtres à leur perte. Quoi qu'ils fassent, ils ne peuvent échapper à leur nature profonde qui les voue inéluctablement à l'échec.

Le dénouement se révèle clairement tragique pour Rosette : elle meurt en effet autant de ses illusions amoureuses que de la cruelle comédie qu'on lui joue et qui dégénère en drame. Il est également tragique pour Camille et

Perdican : ils auraient pu connaître le bonheur, mais, enfermés dans les apparences et murés dans l'orgueil, ils n'ont su le saisir. Toute leur vie, ils resteront dans ce double regret d'avoir gâché leur existence et d'avoir causé la mort d'un être innocent et pur.

14 La recherche d'un bonheur impossible

Un fil directeur unit l'ensemble des thèmes de *On ne badine pas avec l'amour* : l'impossibilité d'atteindre le bonheur. Cette incapacité est particulièrement manifeste dans les échecs amoureux qui, on l'a vu, marquent profondément le trio central de la pièce (voir p. 50). Mais elle apparaît dans bien d'autres domaines : la religion devrait être salvatrice, elle est destructrice ; la recherche de relations vraies avec les êtres se heurte aux obstacles de la dissimulation et de l'orgueil ; l'acceptation sécurisante des conventions sociales s'accompagne de tout un cortège de désillusions et d'amertumes.

LES SÉDUCTIONS ET LES DANGERS DE LA RELIGION

La religion occupe une place centrale dans l'action de la pièce. Le malentendu tragique entre Camille et Perdican est présenté comme la conséquence de l'engagement mystique de la jeune fille. La foi est interprétée de façon contradictoire par les deux personnages : si elle séduit Camille, elle effraie Perdican.

Les attraits du mysticisme

La religion telle que la présente Camille comporte deux aspects complémentaires susceptibles d'apporter le bonheur.

Elle est d'abord adhésion totale à un idéal spirituel, fusion mystique avec Dieu, renoncement aux biens terrestres factices et éphémères. Elle peut donc satisfaire totalement l'aspiration à l'absolu, répondre aux besoins de pureté, contribuer à dominer l'angoisse de la mort : « je veux aimer d'un amour éternel », confie Camille à Perdican, « et faire des serments qui ne se violent pas » (II, 5).

La religion est également un refuge. Elle permet d'échapper à la médiocrité de l'existence et aux souffrances de l'amour. C'est parce que Camille craint l'amour qu'elle choisit la voie mystique, comme elle l'avoue honnêtement à Perdican : « Je veux aimer, mais je ne veux pas souffrir » (II, 5). Et l'exemple de la compagne de couvent qu'elle invoque est significatif : c'est à la suite de cruelles déceptions amoureuses que cette amie s'est retirée du monde.

Les hypocrisies de la foi

À cette conception idyllique de la foi, Perdican oppose une vision démystificatrice. Pour lui, la religion, bien loin de répondre à une adhésion sincère, n'est qu'hypocrisie : les religieuses cultivent, par désillusion, « le mensonge de l'amour divin » (II, 5). Perdican estime qu'elles se sont engagées dans la foi par compensation, parce qu'elles ont été déçues par l'amour humain : c'est une réaction de dépit et, si l'homme qu'elles aimaient venait les chercher, elles abandonneraient immédiatement le couvent. Cette attitude, à son avis, leur dessèche l'esprit, le cœur et le corps : elles ne vivent plus que dans le rêve de leur amour enfui.

Bien plus, ces religieuses, selon Perdican, exercent autour d'elles une action négative. Comme elles ne peuvent plus aimer, elles s'efforcent de convaincre leur entourage de la noirceur de la passion. Pour Perdican, Camille est victime de cette influence pernicieuse qui la mène à l'insensibilité : elle-même le reconnaît, lorsqu'elle se compare à « une froide statue » (II, 5).

La foi ne peut donc conduire au bonheur, mais l'athéisme non plus : Perdican, qui « ne croi[t] pas à la vie immortelle » (II, 5), est lui aussi à la recherche d'un bonheur qu'il ne parvient pas à trouver.

LE TRIOMPHE DES FAUX-SEMBLANTS ET DE L'ORGUEIL

Cette incapacité à trouver le bonheur est, en partie, la conséquence de la perversion des relations humaines. Au lieu de reposer sur la sincérité, elles sont dénaturées par l'intervention perturbatrice des apparences et de l'orgueil.

Un monde d'apparences

Les comportements sont dominés par les apparences. Si Rosette se révèle sincère, Camille et Perdican jouent en effet le jeu de la dissimulation. Ils ne veulent pas reconnaître la réalité de leur amour. Bien plus, ils se cachent à eux-mêmes la passion qu'ils éprouvent. Camille accepte de parler de son amour pour Perdican, mais c'est au passé qu'elle l'évoque, admettant : « En vérité, je vous ai aimé, Perdican », ce qui sous-entend qu'elle ne l'aime plus (II, 5). De même, après avoir lu la lettre de Camille à sa compagne de couvent, Perdican s'efforce de paraître indifférent (III, 2). Inversement, le jeune homme joue auprès de Rosette le cruel jeu de l'amour, essaie de se convaincre que sa passion pour elle est réelle, alors que ce n'est qu'une sorte de solution de substitution imposée par un désir de vengeance (III, 3).

L'emprise de l'amour-propre

Ce triomphe des apparences est la conséquence de l'emprise de l'amour-propre. Seule Rosette y échappe grâce à la pureté de ses sentiments. Camille et Perdican, pour leur part, sont enfermés dans leur orgueil, et c'est cet orgueil qui les empêche de se dire leur amour.

C'est par orgueil que Perdican essaie de faire croire à Camille qu'il aime Rosette. C'est par vanité que Camille pousse le jeune homme à épouser la jeune paysanne. L'amour-propre les prive l'un et l'autre de la spontanéité, de l'élan nécessaire à l'expression vraie des sentiments. Ils ne peuvent sincèrement aimer, parce que chacun ne pense qu'à sa propre personne, et se montre trop sensible à sa susceptibilité pour se vouer entièrement à un être.

LE POIDS DES CONVENTIONS SOCIALES

Le bonheur peut être recherché dans une soumission sécurisante aux conventions sociales. Mais l'ennui vient vite déstabiliser les personnages : ils essaient, en vain, de se réfugier dans une respectabilité qui ne suffit pas à les satisfaire.

L'aspiration à la respectabilité

La quasi-totalité des personnages de la pièce sont attachés à leur image sociale, sont soucieux de respectabilité. Le baron se pose en homme d'État. Blazius et Bridaine veulent être reconnus comme des hommes de savoir. Pluche met en avant sa vertu et sa dévotion. Parmi les jeunes amoureux, Camille fait volontiers étalage de sa foi, tandis que Rosette s'inquiète du tort que son idylle avec Perdican peut faire à sa réputation (III, 7). Seul, Perdican essaie parfois d'échapper à cette pesanteur sociale : à l'image flatteuse du savant, il préfère celle du jeune homme simple, attiré par la nature (I, 2 et 4). Il n'hésite d'ailleurs pas à faire sa cour à une jeune paysanne, au grand scandale de son entourage.

Une insatisfaction latente

Le respect des conventions sociales débouche, en définitive, sur une insatisfaction latente qui conduit les personnages à chercher des solutions de substitution plus satisfaisantes, plus immédiatement gratifiantes. Camille et Rosette laissent finalement parler la voix du cœur et de l'amour. Le baron espère trouver des compensations à la lourdeur convenue de ses responsabilités dans la joie de voir ses « deux enfants réunis » (I, 2). Blazius et Bridaine, loin de se satisfaire de leur notoriété intellectuelle supposée, cherchent à oublier le vide de leur existence grâce aux plaisirs de la table. Pluche révèle les frustrations de sa vie de prude, en accablant son entourage de sa mauvaise humeur et de ses récriminations. Mais toutes ces solutions de remplacement ne permettant pas aux êtres d'atteindre à un bonheur décidément inaccessible.

BIBLIOGRAPHIE

Œuvres de Musset

Parmi les nombreuses éditions du théâtre de Musset, on signalera plus particulièrement :
Alfred de Musset, *Théâtre*, chronologie, préface et notices par Maurice Rat, Paris, Garnier-Flammarion, 1964, deux volumes). *Les Caprices de Marianne* et *On ne badine pas avec l'amour* soint dans le tome I.

Études sur le théâtre romantique

– Patrick Berthier, *Le Théâtre au XIXe siècle* (Paris, P.U.F., collection « Que sais-je ? », 1986). l'essentiel de ce qu'il faut savoir sur les grands courants théâtraux du XIXe siècle.
– Maurice Descotes, *Le Drame romantique et ses grandes créateurs (1827-1839)* (Paris, P.U.F., 1954). De précieuses indications sur les conditions de création et de représentation des pièces marquantes du romantisme.
– Verdun Louis Saulnier, *La Littérature française du siècle romantique* (Paris, P.U.F., collection « Que sais-je ? », 1966). Un panorama précis de la littérature du XIXe siècle et une situation de la place qu'y occupe le romantisme.

Études sur Alfred de Musset et son œuvre

– Pierre Georges Castex, *Études sur le théâtre d'Alfred de Musset, Les Caprices de Marianne, On ne badine pas avec l'amour* (Paris, S.E.D.E.S., 1978 et 1979). Une analyse détaillée des deux pièces.
– Léon Lafoscade, *Le Théâtre d'Alfred de Musset* (Paris, Nizet, 1966). Un panorama complet de l'œuvre théâtrale de Musset.
– Yves Layney, *Musset ou la difficulté d'aimer* (Paris, S.E.D.E.S., 1978). Une réflexion sur la conception de l'amour chez Musset et sur ses répercussions dans son œuvre.
– Henri Lefebvre, *Alfred de Musset dramaturge* (Paris, L'Arche, collection « Les Grands dramaturges », 1955). Des documents précieux sur la mise en scène et les représentations des pièces de Musset.
– Maurice Toesca, *Alfred de Musset, ou l'amour de la mort* (Paris, Hachette, 1971). Une mise en évidence de la place de la mort dans la vie et dans l'œuvre de Musset.
– Philippe Van Tieghem, *Musset* (Paris, Hatier, collection « Connaissance des Lettres », 1969). Une étude chronologique mettant en parallèle la vie et l'œuvre de Musset.

INDEX DES THÈMES ET DES NOTIONS

156 **Ponge**, Le parti pris des choses et autres recueils
28 **Prévert**, Paroles
6 **Prévost (abbé)**, Manon Lescaut
263 **Primo Levi**, Si c'est un homme
75 **Proust**, À la recherche du temps perdu
233/234 **Queneau**, Les fleurs bleues
62 **Rabelais**, Gargantua / Pantagruel
149 **Racine**, Andromaque
193 **Racine**, Bérénice
109 **Racine**, Britannicus
189 **Racine**, Iphigénie
39 **Racine**, Phèdre
227/228 **Renoir**, La règle du jeu
55 **Rimbaud**, Poésies
246 **Rimbaud**, Une saison en enfer/ Illuminations
82 **Rousseau**, Les confessions
215/216 **Rousseau**, Les confessions (Livres I à IV)
61 **Rousseau**, Rêveries du promeneur solitaire
243 **Sarraute**, Enfance
31 **Sartre**, Huis clos
194 **Sartre**, Les mots
18 **Sartre**, La nausée
209/210 **Senghor**, Éthiopiques
170 **Shakespeare**, Hamlet
169 **Sophocle**, Œdipe roi
44 **Stendhal**, La chartreuse de Parme
20 **Stendhal**, Le rouge et le noir
86 **Tournier**, Vendredi ou les limbes du Pacifique
148 **Vallès**, L'enfant
247 **Verlaine**, Fêtes galantes et autres recueils
218 **Vian**, L'écume des jours
262 **Voltaire**, Candide
113 **Voltaire**, L'ingénu
188 **Voltaire**, Zadig et Micromégas
35 **Zola**, L'assommoir
77 **Zola**, Au bonheur des dames
100 **Zola**, La bête humaine
8 **Zola**, Germinal
235 **Zola**, Thérèse Raquin
248 **Zweig**, Le joueur d'échecs

TEXTES EXPLIQUÉS

160 **Apollinaire**, Alcools
131 **Balzac**, Le père Goriot
141/142 **Baudelaire**, Les fleurs du mal/ Le spleen de Paris
135 **Camus**, L'étranger
159 **Camus**, La peste
143 **Flaubert**, L'éducation sentimentale
108 **Flaubert**, Madame Bovary
110 **Molière**, Dom Juan
166 **Musset**, Lorenzaccio
161 **Racine**, Phèdre
107 **Stendhal**, Le rouge et le noir
236/237 20 textes expliqués du XVIe siècle
220 **Verlaine**, Poésies
104 **Voltaire**, Candide
136 **Zola**, Germinal

BAC 2002 QUESTIONS TRAITÉES

Bac lettres Te L/ES : les questions d'oral et d'écrit

PROFIL HISTOIRE LITTÉRAIRE

114/115 50 romans clés de la littérature française
174 25 pièces de théâtre de la littérature française
119 Histoire de la littérature en France au XVIe siècle
120 Histoire de la littérature en France au XVIIe siècle
139/140 Histoire de la littérature en France au XVIIIe siècle
123/124 Histoire de la littérature en France au XIXe siècle
125/126 Histoire de la littérature en France au XXe siècle
128/129 Mémento de la littérature française
151/152 Le théâtre : problématiques essentielles
179/180 La tragédie racinienne
181/182 Le conte philosophique voltairien
183/184 Le roman d'apprentissage au XIXe siècle
197/198 Les romans de Malraux : problématiques essentielles
201/202 Le drame romantique
223/224 Les mythes antiques dans le théâtre français du XXe siècle
229/230 Le roman naturaliste : Zola, Maupassant
231 Maîtres et valets dans la comédie du XVIIIe siècle
250/251 La poésie au XIXe et au XXe siècle
252/253 Les mouvements littéraires du XVIe au XVIIIe siècle
254/255 Les mouvements littéraires du XIXe et du XXe siècle
256/257 Le roman et la nouvelle
258/259 La tragédie et la comédie
260/261 Le biographique

GROUPEMENT DE TEXTES

94 La nature : Rousseau et les romantiques
95 La fuite du temps : de Ronsard au XXe siècle
97 Voyage et exotisme au XIXe siècle
98 La critique de la société au XVIIIe siècle
106 La rencontre dans l'univers romanesque
111 L'autobiographie
130 Le héros romantique
137 Les débuts de roman
155 La critique de la guerre
162 Paris dans le roman au XIXe siècle

Imprimé en France, par l'imprimerie Hérissey à Évreux (Eure)
N° d'édition 14496 - Dépôt légal : Mars 2002 - N° d'impression : 92010